une poignée d'argile

ISBN 2-84420-279-9
Loi n° 49-956 du 16 juillet 1949 sur les publications destinées à la jeunesse
Maquette : Bärbel Paulitsch-Müllbacher

Je suis restée dix ans la fille de Jean-Paul.

Puis celle de ce « pauvre Jean-Paul », quelques jours.

Ensuite, après que les policiers sont venus, moi, je suis devenue la fille du *salaud.*

Les années d'avant, normales, père-et-mère, je ne m'en souviens pas. Ce n'est pas un oubli par pudeur, pour se mettre hors d'atteinte. Pas un stratagème non plus.

Je ne m'en souviens pas, c'est tout.

Le paysage est flou, entre quelques points remarquables, promontoires élevés dans le plat de l'oubli.

Il y avait mon père, il y avait ma mère. Je suis sûre de ça.

Il y avait la maison, les voisins mitoyens,

le jardin tracé au cordeau, élagué, ratissé, tondu. La resserre à outils en tôle verte et laide. Le portique, et sa corde à nœuds toute rêche qui me mangeait les paumes. Cette balançoire en plastique jauni, agrémentée d'une fente sournoise qui me pinçait, juste au gras de la fesse, les jours de shorts, de peau à l'air.

Il y avait les sorties du dimanche. Les balades sur la jetée, dans un crachin froid et humide, qui m'embuait les yeux, me faisait les doigts gourds.

Les manèges au parc d'attractions. Des musiques violentes. Cette foule toujours trop dense, trop bruyante, et qui me faisait peur. Un parfum de chichis, gras et doux, qui embaume et qui tache. Pour le reste, que dire ?

Mon enfance, elle revient en vagues remontées, comme autant de bulles écloses à la surface. Résidus de fermentations.

Les vacances en montagne, la pluie sur nos impers, les pieds gelés dans les chaussettes humides. Nos orteils de bois blanc, insensibles, que l'on rapprochait du feu, jusqu'à ce qu'ils fourmillent et que la vie revienne, en plaisir précédé d'une injuste douleur. Le parfum puissant des vaches dans l'étable. Bouse et paille. Sueur. Ce goût tiède, écœurant, du lait qui sort du pis.

La mer. Les salades aux fourmis et au sable qui crisse. Ces week-ends de camping d'où je rentrais les cheveux en touffe, pleins de sel, les épaules brûlées.

La gamelle en vélo, le jour de l'ablation des petites roulettes. Et le cri de mon père, qui avait anticipé la plaque de gravier dans le déval abrupt de la pente. Ma mâchoire claquée sur le guidon. Mon genou abrasé, sang répandu coulant sa marée sombre, et maculant déjà ma chaussette Kindy. Ma fierté, après les soins diligents de ma mère, pour ce bandage magistral, du mollet au fémur. Le regard impressionné de mes cousines et, tant pis si ça gratte, je tenais à ma gloire, elle serait à ce prix.

L'école maternelle, avec sa grande cour. Les maîtresses en tabliers roses.

La pâte à modeler où l'on enfonce l'ongle, pour se faire des croissants noirs, marron ou bleus au bout des doigts.

L'école primaire. Le haut grillage dans la cour, qu'il était interdit d'approcher à moins d'un mètre. Cette frontière aux mailles lâches, qui protégeait les filles des garçons. Qui séparait les sœurs des frères, et les cousines des cousins.

Les jeudis. Nos jeux sérieux et imbéciles dans ma chambre, avec Catherine et Chantal, mes copines, et nos poupées Barbie. Des heures à faire le papa, la maman, les enfants. Qu'est-ce qu'on leur faisait la vie dure, aux *enfants* !

Les punir jusqu'à la torture, c'était tellement jouissif.

Dans les débordements de rires et de cris, ma mère intervenait parfois, pour dire de sa voix toujours basse que nous faisions bien trop de bruit, et qu'il allait falloir se calmer, *hein les filles ?* parce que sinon, on n'aurait qu'à jouer dehors. La porte à peine refermée sur son dos maigre, ses épaules pointues et tombantes à la fois, nous nous soulagions en grimaces.

Et la pêche à la ligne avec mon père et *pourtant* j'étais une fille. Les heures longues à se taire debout, sans rien voir d'autre que le bouchon qui surnage, imbécile.

Le carnier vide, l'honneur serait perdu, c'était inconcevable. Ma crédibilité se comptait en goujons.

De ces dix ans, voilà : je n'ai que des images négligeables. Je peux les résumer en dix lignes, et encore. Je ne sais pas ce qu'ont gardé les autres, quels sont leurs trésors amassés. Chez moi, rien ne vient relever le bouillon. Fade enfance, qui pourtant me revient, rumination acide et obstinée.

Ce midi-là, je me souviens être revenue de l'école poussée par un vent de rafales qui me sifflait dans les oreilles, glissait ses doigts de mort dans le creux de mon cou. Je me souviens qu'il faisait froid. J'avais rabattu sur ma figure le cache-nez imposé par ma mère, malgré mon refus rageur du matin. Il faut dire qu'il était moche. D'un rose abominable, il était. Mais à ce moment-là, dans le tourbillon place de la Victoire, je me foutais de l'esthétique et je garais mon nez dans les mailles acryliques.

J'ai rebroussé la rue, vent debout. J'ai lutté contre le portillon, ouvert la porte en hurlant *Brrrrr!* la table était mise. Ma mère est sortie de la cuisine, pour un baiser tout chaud au rouge de mes joues. Moi, j'ai voulu savoir. Du poulet et des frites ?

Hélas, jour désolant : endives au jambon.

– On attend ton père pour se mettre à table.

Cela faisait partie des formules inutilement redites chaque jour. On l'attendait *toujours*, mon père, pour manger. Ce n'était pas une surprise. Seulement, ma mère était une femme de rites. Il fallait qu'elle *dise* ça. Et tout de suite après, l'autre phrase traditionnelle :

– Qu'est-ce que tu as fait, ce matin, à l'école ?

Je le savais, c'était incontournable. Elle me cuisinerait patiemment, en douceur.

Est-ce que j'avais su ma leçon ? Est-ce

que j'étais passée au tableau ? Est-ce que j'avais eu une note ? Combien ? Et Martine, quelle note avait-elle obtenue ?

Et Michèle ? Martine était première en tout, avec une assiduité consternante. Michèle était son négatif. Obstinément dernière, vouée aux gémonies, chargée d'entretenir la colère sacrée de la maîtresse. À la maison on ne commentait jamais une note avant d'avoir la double référence. Michèle et Martine étaient mes unités légales de mesure.

Ce jour-là, donc, j'en suis certaine, ma mère a voulu savoir ce que j'avais fait, « ce matin, à l'école ». Bien sûr, je ne sais plus ce que j'ai raconté.

J'ai souvenir de son regard, par contre, qui s'échappait de plus en plus souvent vers la pendule. Et du moment où l'on a entendu la demie qui sonnait.

– Mais enfin, qu'est-ce qu'il fait, ton père ?

Ma mère posait la question aux aiguilles de la pendule, à l'allée du garage, à la rue silencieuse. Pas à moi. Mon père était toujours rentré à la maison avant midi et quart. Lorsqu'il a fallu passer à table sans lui, j'ai bien senti qu'il s'agissait d'un grave manquement aux lois de l'Univers.

J'ai mangé d'une bouche distraite. Je percevais l'agacement, puis l'inquiétude de ma mère, qui m'avait tenu compagnie. Sa façon de grappiller dans son assiette, de ne pas écouter la télé, de ne pas m'entendre non plus. Rien n'expliquait cette dérogation à la routine, cet imprévu qui la heurtait comme un délit.

Treize heures.

Elle avait téléphoné deux fois déjà. Oui, oui, mon père était parti du travail à l'heure habituelle. On était sûr ? Évidemment !

Elle s'interrogeait, supposait. Réfléchissait à haute voix. Il ne serait pas passé chez son frère, des fois ? Ou bien chez Jean ? Elle souriait, bien sûr, qu'elle était sotte, il lui semblait bien, justement, qu'il avait dit…

Elle vérifiait, chez l'un, chez l'autre. Hochait la tête en raccrochant. À peine. Juste assez pour que je le voie, que je demande :

– Il est où, papa ? Chez tonton ?

Non. Il n'y était pas. Ni chez sa mère. Ni chez Blondeau, le copain garagiste. Ni chez Monique et Jean. Ni chez… ni chez… Où s'était-il niché ?

Il avait dû tomber en panne.

L'heure s'est écoulée.

Elle s'est écoulée, à lent grignotement d'aiguilles sur le cadran de laiton martelé.

À petits bouts d'ongles rongés, au bout des doigts fins et blancs de ma mère.

À sable continu, dans le sablier bleu de la cuisine, qu'elle tournait, retournait, d'un geste machinal.

Troublée par son silence, je suis allée colorier dans ma chambre. Lorsque je suis repartie à l'école, mon père n'était pas revenu.

Le soir, il n'y était pas davantage.

Ma mère avait téléphoné partout. À la famille et aux amis. À la police.

Aux hôpitaux. Rien.

Rien… Petit mot, tout repu de vide.

La soirée, je l'ai oubliée. Mais la nuit, je sais comme elle m'a semblé longue.

Lampadaire allumé dans le séjour. Moi, levée sans bruit, catimini, pieds gelés aux carreaux du couloir. La porte poussée doucement, mais qui grince.

Assise, inoccupée, là, sur le canapé, ma mère. Qui sursaute. Me fixe d'un regard de somnambule. Dit :

– Ah, c'est toi ? Va vite te coucher, va vite…

– Tu dors pas ?

– Si, si, je vais y aller…

Ce visage de spectre, que je ne connais pas, les yeux caves, la paupière rougie.

Une vague laideur qui sourd de cette négligence, chez elle qui est toujours parfaite, en tous lieux.

Et de retour dans la chaleur du lit, les questions qui tournaient dans ma tête. L'inexplicable absence de mon père, qui faisait fuir au loin le sommeil.

Interminable nuit, dans l'inquiétude exacerbée, par la lumière du séjour qui souligne de clair l'encadrement de la porte, par les bruits menus de ma mère qui se fait un café. Enfin, mon glissement dans le néant sans rêve.

Au matin, j'avais mal aux yeux, j'avais bavé sur l'oreiller. Ma joue s'était marquée aux plis du drap. Et mon père n'était pas là.

Ma mère avait une tête à faire peur. Les cernes d'insomnie, les cheveux en broussaille, quelque chose d'absent, d'inquiétant. D'abîmé. Elle ne m'a pas accompagnée à l'école. J'en étais plutôt soulagée. Je n'aurais pas voulu qu'on la voie si défaite. La honte que j'aurais ressentie, dans ce cas !

Chemin faisant, j'ai bricolé ma version du mystère.

Mon père avait été enlevé par des Russes. Pourquoi enlevé – et pourquoi par des Russes ? – je n'en sais rien. À l'époque, je ne savais même pas où était la Russie.

Mais ça sonnait lointain, énigmatique. Des Russes…

Oui, ça me plaisait bien, comme idée.

À midi, quand même, j'ai couru. Le vent continuait son chambard sibérien. Mes yeux pleuraient tout seuls des larmes un peu piquantes.

La voiture n'était pas dans l'allée. Pas dans le garage non plus, ça je le voyais bien, par la porte entrouverte. Peut-être avait-on des nouvelles, pourtant ?

Je n'ai pas posé de question : le regard fou de ma mère a suffi.

Trois couverts étaient mis.

On en a rangé un dans l'armoire, à treize heures.

L'après-midi, je n'ai pas écouté mes leçons. Les Russes avaient des exigences : ils demandaient trois cents milliards de francs russes à ma mère. On le trouverait où, cet argent ? Les francs russes coûtaient très cher. On écrirait au président.

Le vent soufflait toujours, à cinq heures.

À la maison, il y avait mon oncle Jean et ma tante Monique, et des amis.

Ça m'a tapé le cœur de les voir assis là. *Alors ?* Non, rien. Ils n'avaient pas de nouvelle à m'apprendre.

Ils ont beaucoup parlé de ce *pauvre*

Jean-Paul. Ils ont imaginé le pire, en buvant leur café. Un pire graduellement embelli. Mais pour se rassurer aussitôt, pour affirmer bien fort, marteler sur la table, oh non, voyons, quand même, il n'a pas pu lui arriver *ça*. Et *ça* non plus, vous pensez bien, ce serait trop horrible !

Dans la cuisine, assise sagement devant mon livre ouvert, je prenais tous les *ça* qui venaient du salon, je m'en faisais de tout petits paquets de crainte, ficelés bien serrés, aigus comme des pieux.

Ma fable de La Fontaine était une bouillie. Je la récitais dans ma tête en ritournelle lancinante, peu à peu vidée de son sens.

Dans le courant du nom de Pure.

Je relisais, butée, mais trop distraite. Je ne comprenais pas un mot, je n'en gardais aucun en tête.

Qui te rancit, Hardi ?

Toute la soirée, il y a eu les sonneries du téléphone et cette cavalcade de ma mère, dans le couloir, à chaque fois.

– J'y vais, j'y vais, ne bouge pas !

Elle décrochait, la main contre son cœur, pour répondre d'une voix blanche.

– Allô ?

J'entends sa voix. J'entends précisément l'intonation inquiète, cette façon de haleter le *A,* dans une inspiration forcée, comme quelqu'un qui plonge et craint de se noyer.

– Allô ?

Puis, invariablement :

– Eh non, toujours rien…

Rien…

Son retour lent, découragé. Le soupir lourd, en se rasseyant, avant de dire :

– C'était *Une telle* ou *Un tel,* qui venait aux nouvelles.

Un jour, deux jours, une semaine. L'inquiétude avait fait le nid de la panique, qui cédait à présent la place aux dents serrées.

Tout bruit semblait fracas. Tout mouvement, typhon.

Ma mère et moi voguions dans un vide feutré. Gestes inachevés, regards fuyants et souffle tamisé, nous étions changées en veilleuses.

Moi qui étais de nature tapageuse, voilà que je bridais mes élans, mes galops. J'allais d'un pas plus sage, silencieux. J'économisais mes questions, remisais mes haussements de sourcils ou d'épaules. Je me faisais opaque, pour ne pas offrir à ma mère, même voilé, le plus petit reflet de sa terrible peur. Elle en avait conclu que je ne voyais rien. Je voyais très pertinemment au contraire. D'une vue aiguisée. Je voyais tout. Son infime sursaut, mal réprimé, dès qu'un bruit de voiture grandissait dans la rue. Le rideau de dentelle blanc, dans la cuisine, tant de fois entrouvert, à peine. La tête qui se hausse et le cou qui se tend, puis se ploie, s'abandonne. Et la main qui retombe, au ralenti.

J'entendais aussi.

Les discussions à mots couverts. Mille suppositions pour étayer le doute. Les avis qui se voulaient *objectifs*, rassurants, et nous laissaient laminées derrière eux.

Un accident ? Mais non, voyons, on l'aurait su, quand même ! Ou alors… et s'il était dans le coma ? L'hôpital nous aurait prévenues !

Oui, mais peut-être que ses papiers auraient brûlé, le véhicule aussi, il ne resterait rien… On ne pourrait pas l'identifier… Ah, bien sûr, dans ce cas. Dans ce cas…

Ou bien, une amnésie, peut-être ? Est-ce que nous y avions pensé, au moins, à l'amnésie ? Ma mère envisageait cette fatalité, s'y résignait, l'espérait peut-être.

Moi, je voulais seulement qu'on m'explique.

On m'avait épluché le mot. Même traduit, il restait incompréhensible. Perdre la mémoire ? Comme une récitation qui se mélange, là, oui : je voyais bien.

Ce La Fontaine, par exemple…

Non, ce dont on parlait, c'était bien autre chose. On me parlait de gens qui oubliaient *jusqu'à leur prénom.* Leur prénom ? Pfff ! Je riais. On faisait les gros yeux. On me dévisageait avec réprobation, on aurait dit que j'étais responsable. Mon rire s'étouffait, je le déglutissais à grand-peine, il me déchirait tout du long.

Oui, parfaitement. Inutile de faire la maligne, ça existait, ce genre de choses.

Et c'était peut-être arrivé à mon malheureux père, justement !

Je n'avais plus envie de rire. Je n'avais plus envie de rien.

Je ne sais plus si j'étais triste. De vraie tristesse, je veux dire. Ce *pauvre Jean-Paul* était un sujet d'hypothèses. Nous, nous étions l'objet de la douleur.

Lui, était absent.

Nous restions.

Il y avait dans la situation quelque chose de trouble, d'ambigu. Une ombre de volupté, même. Le bruit avait déjà couru. La maîtresse me parlait un peu plus patiemment, je me sentais convalescente. Les copines partageaient avec moi leurs pains au chocolat, spontanément. Les ennemies gardaient leur fiel. Dire du mal de moi dans ces pénibles circonstances ? Non, elles auraient perdu la face.

L'hostilité était mise en conserve, et les disputes en sursis.

Je me souviens de ces jours-là. Je m'en souviens comme d'un miel épais sur du beurre un peu rance. Une douceur qui masque la nausée.

Bien sûr, j'aurais voulu que mon père revienne. Bien sûr. En même temps, je dois le reconnaître, je savourais notre célébrité soudaine. Il se passait enfin quelque chose chez moi. Je ne m'en réjouissais pas, non. Cependant…

Nous étions allées à la gendarmerie. C'était un *nous* de majesté, pour tout dire.

Parce que *moi*, j'avais poireauté dans la voiture seulement. Mais le lendemain, quel détachement blasé, étudié, dans ma voix, pour lâcher dans la conversation que pfff-là-là ! j'avais encore dû passer ma journée *aux gendarmes*…

J'ai reprisé, plus tard, ce passé aux mailles trop lâches, par où le temps filait de toutes parts. Il est resté mangé aux mites. Plein d'*oiseaux*, ce joli mot de ma tante Monique pour parler des coups de ciseaux qui trouent et gâchent le tissu, pour une maladresse. Entre le matin de l'absence, et celui de la perte, il s'est écoulé quarante jours. J'en ai fait le compte, plus tard.

Quarante jours. La durée d'un déluge. Une traversée lente, vaine, désorientée.

Quarante jours à naviguer sur une mer étale, qui n'offrait même pas l'espoir d'un horizon.

La maison était devenue un campement de guerre, avec des zones évacuées, d'autres qui nous servaient de base de repli.

Rien n'avait été dit entre ma mère et moi. Mais, d'un évitement tacite, nous n'entrions plus jamais dans le garage, ce lieu paternel entre tous. Le bureau qu'il avait transformé en labo photo, on l'avait condamné pour la même raison.

La même absence de raison, devrais-je dire.

Les premiers jours, ma mère était un masque d'affliction. Elle parlait à voix plus sourde encore. L'angoisse, en la minant, l'avait dépossédée de toute chair, de toute résonance. Elle n'était plus qu'une dépouille.

Je la voyais aller venir dans la maison, préoccupée, semblant avoir égaré quelque chose.

Moi, j'attendais l'appel des Russes. J'avais trouvé l'explication la plus logique à l'enlèvement de mon père : il était espion. Espion *international.*

J'étais relativement sereine. J'en avais vu des tas, de films d'espionnage. Il n'y avait pas de quoi s'inquiéter : les gentils gagnaient à la fin. La question qui me taraudait était de savoir si je devais en parler ou non à mes copines. Je craignais qu'elles ne se montrent pas à la hauteur. Qu'elles parlent. Que leur caftage inconséquent n'arrive aux oreilles des Russes. Même s'ils étaient les méchants de l'histoire – obligé qu'ils perdent, à la fin ! – cela risquait de retarder les négociations du gouvernement.

Ça me plaisait bien, ça, comme expression : les *négociations du gouvernement.*

On en parlait souvent à la télévision, au journal du soir. Mais jamais à propos de mon père. Moi, je tendais pourtant l'oreille, au cas où… On ne citait pas son nom. C'était normal, évidemment : puisque c'étaient des Russes, il ne fallait parler de rien.

On devait avoir des consignes en *haut lieu.* J'aimais bien ça aussi, le *haut lieu.*

En allant à l'école, je passais tous les jours devant l'agence de la BNP, rue Framboisier. Un matin, le directeur, sur le pas de la porte, nous avait saluées d'un hochement de tête, ma mère et moi. C'était sûrement bon signe, cette discrète connivence. Les tractations avaient dû avancer. Son coffre devait être plein à ras bord de francs russes, à cette heure. Le dénouement serait rapide.

Pourtant rien ne bougeait, rien n'arrivait. Mon père ne revenait pas.

Après le garage, après le bureau, nous avions sanctifié d'autres lieux dont la profanation aurait valeur de sacrilège. S'asseoir dans *son* fauteuil, prendre *sa* place à table, autant de gestes impies. La dévotion allait croissant, à l'égal des journées d'absence. Nous avions nos lieux saints et nos objets de culte.

Non, nous n'ôterions pas du grand vase bleu les roses qu'*il* avait cueillies la veille de ce matin-là. Nous les regarderions se recroqueviller, sans rien faire.

Nous laisserions *son* pull-over marine jeté en travers d'un bras du fauteuil noir.

Sa revue resterait dans les toilettes. Et *son* tabac, sur la petite table du salon.

Notre maison était son reliquaire.

Jusqu'à quand, décemment, pourrions-nous respirer *son* air ?

Ma mère devenait étrange. Elle faisait tout d'un cœur distrait, d'une vie machinale. Oubliait de sortir le linge, laissait la porte ouverte ou le gaz allumé. Elle restait prostrée de longs moments, à la fenêtre, me répondant sans m'écouter. Puis, sortant de sa léthargie, elle s'énervait d'une broutille, elle criait.

Sa voix m'exaspérait d'aigus.

Elle me faisait peur, main levée menaçant de s'abattre, regard perçant que je n'osais pas soutenir, surprise par cette violence. L'instant d'après, elle calmait sa bourrasque. Ça retombait en calme plat. Elle me parlait à voix baissée, me regardait d'un œil battu qui cherchait presque le pardon.

Par moments, elle s'adressait à moi comme si j'étais brusquement devenue une adulte. C'était pour repousser le silence, le tenir à distance. Pour s'entendre parler autant que pour parler vraiment, je crois. Mais plus elle me traitait en égale, plus elle me devenait étrangère. Je n'avais pas envie de grandir aussi tôt. Elle devait le sentir : elle redevenait mère, s'occupait de mon écharpe autour du cou, de mes récitations :

« *L'avare, y se perd tout…* »

D'autres jours, pour mon goûter, elle faisait frire des merveilles et des oreillettes, qui embaumaient la maison d'une pâle douceur d'oranger. Elle se tenait derrière moi, restait là sans rien dire, pensive, à dénouer mes tresses, à brosser mes cheveux patiemment. Puis, de la queue pointue du peigne, elle retraçait méticuleusement cette raie dite *au milieu*, jamais parfaitement médiane. Accoudée sur la table, morose, je piochais les merveilles, une à une. Je les mangeais par gourmandise, et j'épuisais le plat sans réel appétit. Mon chagrin, je l'enfarinais de sucre glace.

Ma mère souriait, faisait sa courageuse, il ne fallait pas s'inquiéter, comme ça ! On n'allait pas tarder à avoir des nouvelles…

Elle n'en croyait plus un mot, c'était flagrant. Elle cherchait une confirmation dans mon œil, hein, nous aurions bientôt de ses nouvelles ? Pas vrai ?

Il fallait tenter de sourire. Faire semblant d'y croire. En rajouter, même, au besoin.

J'étais le seul témoin de son angoisse. Seulement, j'avais peur aussi.

La porte du garage s'engourdissait d'un tas de feuilles mortes, les dernières tombées de l'hiver. Le pull dormait sur l'accoudoir, les roses étaient fripées comme de vieilles dames. Je ne m'habituais à rien.

Ni à la présence obsédante, unique, de ma mère, jamais équilibrée par celle de mon père sur qui elle aurait pu dévier ses humeurs. Ni à l'absence inexplicable, qui ouvrait des gouffres imprécis sous mes pas. Ni à ces visites constantes, famille, amis, voisins, devant lesquels il fallait remâcher ses craintes, sans repos. Ni à notre maison, qui me semblait trop grande. Faite pour trois. Pour une vie normale.

Ma mère avait décidé, pour d'indéchiffrables raisons, que, tant que mon père ne serait pas revenu, je ne pourrais plus recevoir mes copines.

Pouvais-je aller jouer chez elles, au moins ? C'était à voir.

Cette quarantaine imposée était une sorte d'épreuve, qui exaltait mon âme romanesque et fiévreuse. J'étais la prisonnière d'un injuste destin. Que de belles douleurs, de drames : mon père, prisonnier de ces Russes lointains, ma mère et moi, ici, contraintes au silence. Non, je ne dirais rien, je ne parlerais pas. Que l'on m'arrête, et je saurais me taire, héroïque. Les copines ? Rien, elles ne sauraient rien.

Oui, je me priverais de leur présence. Plutôt que de faillir, je resterais cloîtrée.

Ma mère avait tenté quelques visites au commissariat, sans succès. Alors elle s'était mise à leur téléphoner. Tous les matins.

Toujours la même phrase :

– Oui, bonjour, c'est madame Gardie… Rien de neuf ? Ah… Merci quand même.

Trente ans plus tard, c'est imprimé, là, avec ce rythme lent, ce découragement déjà anticipé. J'avais honte pour elle. Elle ne pouvait donc pas garder sa dignité ?

Je la gardais bien, *moi*.

J'exécrais cette voix larmoyante, geignarde, qu'elle prenait. Je l'avais en horreur, d'autant plus qu'aussitôt raccroché le téléphone, elle pouvait me cingler, brutale, d'un :

– Tu n'as rien d'autre à faire, non ? Ne reste pas plantée comme ça, tu veux ?

Ce n'était pas une question. Que je le veuille ou pas n'avait pas d'importance. Il faudrait dégager et vite, car, maintenant, parfois, une gifle tombait.

Alors, oui, je la détestais. Pour sa brutalité, mais plus encore pour ces comédies de douceur qu'elle réservait aux autres. Je la détestais, joues cuisantes et larmes retenues.

Je restais là, les poings serrés, l'œil noir, campée sur mes petites jambes. Elle me toisait d'un œil agacé. Nous nous mesurions en combat singulier. Moi, bouleversée de colère. Elle, exaspérée. Enfin, comme si mon regard avait articulé ma rage, laissé filer dans l'air injures et gros mots, elle grinçait :

– Et ne fais pas ton insolente ! Tu as compris ?

J'abdiquais, je baissais la tête. Je maudissais mes capitulations.

Le matin suivant, elle recommençait, imperturbable :

– Oui, bonjour, c'est madame Gardie... Rien de neuf ? Ah... Merci quand même.

Dans ma chambre, devant la glace, je la singeais au même instant, exagérant à peine les mimiques, la bouche en cul de poule, et le sourcil plongeant.

Je ne pouvais jamais savoir quelle serait son humeur. De grêles de tendresse en giboulées de claques, ma mère était toujours d'un avril perturbant.

Certains jours, tout m'était reproché. Je faisais trop de bruit, je mettais trop de temps pour manger, me laver, m'habiller. Je laissais trop de désordre après moi. J'étais trop vilaine, à la fin !

D'autres jours, elle dressait la liste de mes obligations, ce que je me devais d'être ou de faire. Être polie, sage, appliquée. Faire ma chambre et mes devoirs.

Mon père, mille fois évoqué dans un futur vengeur, pesait lourd sur mes frêles épaules. « Quand ton père rentrera, j'espère pour toi que tu pourras lui montrer de meilleures notes ! » Ou encore : « J'espère que ta chambre ne sera pas dans cet état, lorsque ton père va revenir… »

Ces jours-là, je me surprenais à souhaiter qu'il ne rentre pas.

Mais il y avait aussi des matins à sourires, à bisous. Les compliments imprévisibles et doux. Ils m'emplissaient d'une affection sans bornes.

J'avais l'amour frugal, un rien m'aurait suffi.

Parfois, ma mère sombrait dans un découragement noir, affirmait brusquement que nous ne le reverrions plus jamais. C'était fini, fini. Elle le sentait bien.

Le lendemain, pleine d'espoir, il allait revenir, oui, elle en était *sûre*.

Moi qui tentais de la suivre, souvent même de l'imiter, j'allais d'un pic à un abîme, incertaine, parée à tous les enthousiasmes et à tous les accablements.

Elle espérait ? J'espérais avec elle. Elle doutait ? Je doutais aussi.

Aujourd'hui, je comprends combien lui ont semblé pénibles ces quarante jours.

À moi, ils ne m'ont pas paru si longs, quand j'y pense. Mais il est vrai qu'il reste peu, au fond du crible, une fois la vie tamisée. La mémoire se fond dans un brouillard diffus. Il s'écarte en trouée soudaine, où tout revient avec une acuité nouvelle. Puis il étend de nouveau son oubli. Il faut attendre, s'immobiliser sans frémir, ne pas effaroucher les souvenirs, se faire neutre. Alors, très lentement, de cette brume émergent les images. Un parfum, le son d'une voix.

Une phrase entière parfois.

Ce matin-là, c'est moi qui ouvris la porte, au coup de sonnette appuyé.

Deux policiers se tenaient sur le pas de la porte.

– Bonjour. Ta maman est là ?

– Elle est dans le salon.

– Tu veux bien l'appeler, s'il te plaît ?

Inutile : elle arrive dans le couloir, pâle, défaite.

On me demande d'aller jouer. Je ne veux pas. Ma mère ordonne et sa voix tranche. Je grimpe dans ma chambre. Je prends soin de ne pas refermer la porte, je colle mon oreille au vide du couloir, de l'escalier. J'essaie de capturer, dans les vagues murmures, un mot ou deux, un point final à mes questions.

Soudain ma mère crie. Un cri très bref, d'une voix qui s'étrangle et qui me fait taper le cœur. Puis elle parle, encore et encore. Elle questionne. Tantôt l'un des hommes répond, tantôt c'est l'autre. Comme s'ils se renvoyaient son incompréhension, sa colère encombrante. Car je sens bien qu'il y a de la colère, oui. Pourquoi ?

Enfin j'entends la porte qui se ferme, la voiture qui redémarre. Et puis rien.

En bas, le silence se répand, s'épanche sur le carrelage, s'agrippe aux escaliers, monte vers moi pour m'engloutir.

J'ouvre la porte. Je descends.

Ma mère est dans l'entrée. Debout. Tétanisée. Elle regarde la porte, fixement.

Tout dans son attitude, cette immobilité de glace, cette bouche aux lèvres cousues, tout hurle.

Moi j'hésite, campée de biais entre deux marches, et je ne sais pas que choisir : descendre vers l'irréparable, ou remonter, très vite, pour m'enfuir.

– Ah, c'est toi ? dit ma mère, en relevant la tête.

On dirait qu'elle me découvre.

Elle a ce geste habituel pour replacer une mèche indocile derrière son oreille. Elle me dévisage un instant, hésite. Puis d'une voix détimbrée, demande :

– Du poulet, pour midi, ça te va ?

Je l'ai suivie dans la cuisine, sans oser lui poser une seule question. Je la regardais aller, venir, faire une vinaigrette, éplucher les carottes, les râper dans le saladier.

Les gestes routiniers, quotidiens, semblaient surréalistes. Il allait se passer quelque chose, bien sûr ! Non, elle a juste allumé le four, après avoir soigneusement aillé le poulet et l'avoir disposé dans la cocotte. Elle s'est lavé les mains, les a essuyées, posément. S'est retournée. M'a regardée. Et là, seulement, elle a dit :

– Ton père ne reviendra pas.

Après, je ne sais plus. Je pense qu'elle a dû m'en dire davantage. M'expliquer, de sa voix lisse et blanche, que mon père avait décidé de ne plus revenir.

Ma mère avait posé mille questions aux policiers qui s'en étaient tenus à une réserve prudente. Jean-Paul Gardie était vivant, oui. On l'avait retrouvé. Non, pas ici, dans une autre région. Il allait bien, oui. Non, il ne désirait pas rentrer chez nous. Non, il n'avait pas expliqué pourquoi. Non, on ne pouvait pas donner sa nouvelle adresse à ma mère. Il était majeur, il n'avait pas commis de délit, il avait le droit de ne rien nous dire, de nous planter là, de s'enfuir.

Elle a dû m'expliquer tout ça. J'ai entendu ses mots, sans doute, du fond de ce puits blanc où j'avais basculé. Oreilles bourdonnantes, fourmillements aux mains, tapage lourd au cœur, je n'ai pas dû comprendre.

D'ailleurs, qu'aurais-je pu comprendre à ça ?

Que penser d'un homme qui part ? Non, pas un homme. Un père. Mon père. Qui nous avait abandonnées. Qui avait démissionné, tiré un trait sur nous, en ayant mûrement réfléchi. Ou peut-être, (comment savoir ?) qui s'était échappé au hasard, dans un brusque besoin d'oublier tout, jusqu'à lui-même. Une folie irrépressible, un vent qui l'aurait poussé loin. Un vent plus fort que celui qui hurlait, le jour de son départ, au froid mordant de février.

Toute ma vie, je croirai voir mon père, refermant la porte derrière lui sans un regard d'adieu. Ou bien assis dans la voiture, faisant un dernier tour d'horizon familier, pour s'imprégner de la couleur des murs, et des arbres au jardin, avant de démarrer.

Toute ma vie passée et celle qui viendra, j'aurai imaginé, j'inventerai cela.

Qu'a-t-il pensé, en partant, ce jour-là ? Est-il venu me voir dormir ? S'est-il penché vers moi, une dernière fois ? Est-il resté là, un instant, sans rien dire ? Hésitant à frôler ma joue, mes cheveux, dans un adieu qui suspend sa caresse, de peur de m'éveiller, de croiser mon regard ? A-t-il posé, dans un murmure, un simple mot d'amour dans le creux de mon cou ?

J'avais dix ans.

J'ai regardé sombrer ma mère. J'ai côtoyé sa peine, sa fureur. Sa lente perdition.

Elle qui avait gardé de son éducation un mépris des futilités, du paraître, je l'ai vue devenir plus austère encore. J'ai vu la douleur la durcir, la corseter jusqu'à l'étouffement. J'ai assisté à ce très long naufrage, impuissante, trop jeune pour intervenir, ou m'échapper. Trop grande pour ne pas comprendre, ne pas voir.

Oui, mon père s'était enfui. Il avait quitté femme et fille, frère, parents, amis. Sa maison. Son travail. On pouvait la continuer sans fin, la liste, et l'énumération des pour qui, des pourquoi ? Quel dégoût de soi-même ou des autres peut amener quelqu'un à renier sa vie ?

Nous avions cru avec angoisse qu'il lui était arrivé quelque chose. Ma mère avait tremblé, poursuivie jusque dans son sommeil par des craintes horribles. Elle avait prié de toutes ses forces pour que mon père aille bien. Il allait bien. Et brusquement, cela lui était insupportable. Maintenant, sa fin, elle l'aurait souhaitée. Elle aurait été soulagée que la vie reparte à rebours, que les flics viennent, et lui annoncent, avec des mines longues, un *terrible accident*.

Dans le silence de ses nuits, sans nul doute elle priait désormais pour sa mort.

Je ne sais ce qui fut, pour elle, le plus dur : le regard que lui porteraient les autres, ou celui qu'elle s'adresserait à elle-même, le matin, devant son miroir.

Non pas veuve, ni divorcée, mais pire : *abandonnée*. Autant dire qu'elle n'était rien. Mais qu'elle deviendrait suspecte aux yeux du monde, tôt ou tard.

Quels étaient ses torts, ses faiblesses ? Quel était son secret, la faille inavouable – il fallait bien qu'il y en ait une – enfin, ce qui avait poussé ce pauvre homme à partir ?

Il y aurait deux camps.

Mon père était un salopard ignoble, sans honneur. Un pourri.

Mon père était une victime, qui avait fui. Car on ne quitte pas les gens *pour rien*, quand même !...

Ma mère se fermait aux regards, qu'ils soient de sympathie ou de réprobation.

Elle ne voyait plus qu'une chose : elle n'avait pas compté dans la vie de cet homme.

Pas plus que je n'avais compté, moi, l'enfant. Plus grave qu'un échec, c'était un reniement. « La plus parfaite expression du mépris », disait-elle.

Alors, la tendresse, l'attachement qu'elle

aurait pu reporter sur moi, elle a commencé de m'en priver, au contraire, jour après jour, dans un long, très long désamour.

Dans la maison, nous avions commencé le ménage. La rancune de ma mère n'épargnait rien. Elle épandait sur toute chose un vide consciencieux, mortifère. Précis.

Mon père était parti ? Elle chasserait jusqu'à son souvenir.

À quoi juge-t-on de l'oubli ? Pour les autres, je ne sais pas. Pour moi, j'ai vu l'oubli à l'œuvre : c'est une succession de froides lâchetés. Des sacs de vêtements qui partent « pour les pauvres ». Une rangée de livres que l'on donne. Des étagères libérées. Le garage rangé, au retour de l'école. Les cannes à pêche disparues, avec les boîtes à mouches, le carnier en osier. Les albums de photos nettoyés. Les portraits de famille excisés, d'où l'on a très méticuleusement ôté une silhouette, un visage. Minutieuse éradication.

Au-delà des objets, du tangible, c'est

cet effacement qui gagne, irradie peu à peu.

Les dates qu'il faut taire, ou faire semblant d'ignorer. Tristes Noël, sombres anniversaires. Accablante fête des Pères.

Les questions qui taraudent, brûlent, mais qu'il faut pourtant ravaler. Les points de suspension, au détour d'une phrase, et ces enjambements au fil des souvenirs, quand des mois, des années entières sautent, se gomment, disparaissent. Quand tout rappel intempestif se solde par un silence lourd.

Mon enfance était plus trouée qu'un gruyère, à présent.

Mon père a perdu son prénom aussitôt. Il est devenu « le salaud ».

Ma mère, qui avait toujours eu la grossièreté et l'insulte en horreur, régurgitait ce mot avec difficulté, comme une chose immonde, un peu poisseuse. Mais elle sifflait lourdement sur le « s », avec ce bref accent de trouble volupté.

Le sssalaud.

Elle chuintait sa haine à dents cadenassées, bouche mince, commissures tombantes, dans un mauvais rictus de mépris.

Le sssalaud.

C'était tout.

Tant de détestation, ça pollue, souille le nom du père, le remplace, s'y substitue.

S'il avait eu un accident, un infarctus, j'aurais été l'enfant chérie du mort, du *malheureux* tragiquement fauché à la fleur de l'âge.

Ma mère m'aurait protégée du chagrin, des douleurs, elle aurait été mon rempart.

Je me serais fait une place, au milieu des regrets éternels. La douleur pour terreau, ça m'aurait fait grandir quand même, comme ces plantes qui croissent à mi-ombre, dans peu de terre, avec peu d'eau.

Mais j'étais la fille d'un lâche, parti tel un fourbe, un voleur. Un homme indigne, un fuyard échappé sans un mot. Pour aller où ? Y faire quoi ? Et avec qui ?... Car bien sûr, ma mère avait beau ne pas vouloir s'y attarder, il devait y avoir une autre femme, *là-dessous*... On n'allait pas lui faire croire...

J'entendais tout cela. J'aiguisais ma panique. Une autre femme, cela voudrait-il dire aussi une autre enfant ? Étais-je remplacée, ailleurs, entre ses bras, par une autre moi-même qui ne serait pas moi ? Je cauchemardais, en troublantes visions de jumelles, de clones. Je ne pouvais imaginer rien d'autre qu'une sœur. Identique à moi-même, des nattes aux joues rondes et aux longs cils courbés. Mais *une* auprès de qui il passerait tout son temps, désormais. J'entrais dans des fureurs œdipiennes, jalouses. Plus que ma mère, alors, j'étais trompée, flouée. Je m'inventais des scénarios violents dans lesquels je la tuais, la détruisais, l'usurpatrice. De toutes les façons possibles.

Ou bien, mon père, pris soudain de remords, venait m'attendre au portail de l'école. Et, me revoyant, il me préférait à cette fausse sœur, pour toujours. J'avais été l'enfant unique, comment pouvais-je imaginer de n'être pas la mieux aimée ?

La seule aimée.

Dans les périodes moins inquiètes,

quand mon amour pour lui se faisait plus serein, j'aimais me souvenir d'avant. Ces jours-là, j'embellissais le passé à m'en faire venir les larmes, parais mon père absent d'une patience, de gestes de douceur qu'il n'avait peut-être pas eus. Nos parties de pêche, pieds nus dans nos bottes kaki, engagés à mi-mollets dans de faibles courants, devenaient des franchissements périlleux de cap Horn. Nos balades en vélo sur les pistes cyclables, ce pique-nique à deux, lui et moi, dans un petit bois de chênes, c'était de l'aventure, de la vraie. Je magnifiais jusqu'au délire les souvenirs les plus communs. J'avais eu le meilleur des pères, le plus fort, le plus grand, le plus…

Le regard de ma mère m'effritait en plein vol, comme un pigeon d'argile.

J'étais issue de mauvaise herbe, rejeton de chiendent. Mon hérédité n'était plus équitablement partagée. Plus que la fille de ma mère, je devenais l'enfant de cet *autre,* ce fumier, cet immonde salaud. Elle me jaugeait d'un œil trouble, exigeant, où je ne voyais plus d'amour. Cela ne durait qu'un instant. Un instant, c'était déjà trop. Elle avait reconnu mon père en moi, dans une de mes expressions, une façon de rire, un geste. Je me reprenais aussitôt. Je ne la revendiquais plus, mon origine paternelle. J'étais lâche. J'avais besoin de me sentir aimée. Peu m'importait par qui.

Et puis, elle, après tout, c'était ma mère. J'essayais de calquer sur elle mes intonations, mes attitudes, mes pensées. Elle aimait les pulls blancs ? Je n'en voulais pas d'autres. Elle détestait le miel ? Il m'aurait fait vomir.

Je m'appliquais à grandir dans ses pas, à m'y fondre, sans jamais déborder son ombre. Sans éclat. Pourtant, je le savais déjà, ma bonne volonté ne lui suffirait pas.

Ma mère avait aimé mon père, sûrement. En tout cas, elle en avait montré les signes extérieurs. Parfaite épouse, soignée, disponible. Soumise, mais de bonne grâce, avec cette fierté du devoir accompli. Elle n'avait rien anticipé, rien vu venir de son départ. Elle se détestait d'autant plus d'avoir été trahie, d'avoir été aveugle *à ce point-là.*

Moi, j'étais le témoin gênant de sa double blessure, d'amour et d'amour-propre à la fois. Se fâcher après moi était un exutoire. Me culpabiliser, un adoucissement.

Elle traquait mes faiblesses, les pointait durement avec des accents de triomphe.

Elle poussait à la faute, au délit, puis paraissait s'en satisfaire. J'avais beau refuser de le voir, il faudrait bien l'admettre : ma mère était méchante. Et je ne l'aimais plus.

Entre dix et treize ans, j'ai oublié des pans tout entiers de ma vie. Sur certains de mes murs en ruine, j'ai collé de jolies affiches. Sur d'autres, j'ai laissé gagner l'amnésie. Elle croît, tel un foisonnement de lierre, pour retenir les pierres entre elles, et masquer leurs écaillements.

Ma mère et moi avons déménagé, presque quatre ans après le départ de mon père.

Je me souviens avoir pleuré, au matin du départ. Un vrai chagrin, avec de grosses larmes, que je n'arrivais pas à ravaler. Un bruyant désespoir de clown, qui m'avait affublée d'un nez rouge et d'une voix de canard enroué.

– Arrête un peu ta comédie, tu veux ? avait jeté ma mère. Et ne reste pas au milieu, sans rien faire !

Mon oncle Jean m'avait ébouriffée de sa grosse patasse, au passage, en sortant de sa poche un immense mouchoir à carreaux. Ma tante, en enfournant des cartons dans leur camionnette blanche, serinait :

– Allons, ne pleure pas ! Tu vas voir si tu y seras bien, dans votre appartement ! Et puis, c'est pas comme si vous partiez loin... Tu habiteras plus près de chez nous, tu pourras voir plus souvent tes cousines !

Je n'y voyais pas grande consolation. Christiane avait presque quinze ans, elle parlait d'une voix suraiguë et savait tout, sur tout, en permanence. Josiane était un peu plus jeune que moi. Je lui trouvais un sourire mielleux et le regard chafouin.

Je n'éprouvais pas la moindre amitié pour elles, en dépit de ces liens familiaux, qui me bridaient serrée, en ficelle à rôti. D'intuition, je savais qu'elles m'avaient jalousée, lors de la disparition de mon père. J'étais devenue une sorte d'héroïne. Maintenant, leur sourire hypocrite masquait mal un vague mépris. Je n'étais qu'une abandonnée. Une belle cible à cancans.

Pendant le déménagement, elles avaient proposé leur aide, avec une serviabilité empressée, de leur part inhabituelle. Leur mère les couvait d'un œil fier. La mienne les gratifiait d'un regard attendri qu'elle n'avait plus pour moi depuis longtemps. J'étais glacée de jalousie.

– Bah, ne te fâche pas après elle, Solange ! soufflait mon oncle, en grimaçant sous le poids d'un fauteuil. C'est normal qu'elle ait du chagrin, cette gamine... Avec ce qui s'est passé ! Et puis ça fait quelque chose de quitter sa maison, quand même... Hein, ma puce ?

Ma mère entrait, sortait, tantôt par la porte d'entrée, tantôt par celle du séjour, dans une régularité d'horloge à jaquemart.

À chacune de ses apparitions, elle tenait un nouveau paquet, un nouvel objet, qu'elle tendait à sa sœur ou à mes deux cousines. Moi, je m'étais garée *du milieu*, pour me réfugier sous le mûrier d'Espagne. Je restais adossée au tronc, secouée d'un hoquet silencieux, incapable d'un mouvement. Mes cousines me jetaient un regard en dessous. Elles étaient partagées : leurs parents semblaient s'apitoyer sur moi, ma mère m'ignorait. Devaient-elles me plaindre, ou me narguer en douce ? C'était une question de stratégie subtile, qui méritait un peu de réflexion.

Ma mère avait enfin porté le coup de grâce. S'avisant de mon inaction, elle avait lancé à mon oncle, d'un ton léger, en me montrant du doigt :

– Tu n'oublieras pas la grande potiche, là…

Mes cousines s'étaient ralliées aux rires crétins des adultes, mais pour les prolonger encore, avec une sournoise cruauté. Ma mère, satisfaite de sa boutade, gardait un sourire modeste, cherchant à calmer les gloussements des deux pintades, sans conviction. Allons, allons, son jeu de mots ne méritait pas autant, quand même ! Elle avait de l'esprit, c'était tout…

Moi, j'avais lu Bazin. Je tenais ma Folcoche.

Solange. Sot l'ange. Sale ange.
Salope.

Oui, je pleurais, ce matin-là. Parce que, depuis trois ans, je n'avais pas cessé de croire au retour de mon père. Je le sentais à l'instant de quitter la maison.

Je n'avais pas prévu de durée à l'absence. Ce n'était qu'un délai, rien de définitif.

Partir, c'était tuer l'espoir de le revoir. Est-ce qu'elle s'en rendait compte, au moins, ma mère ? S'il revenait, nous ne serions plus là. Il trouverait la porte close, ou la maison occupée par d'autres. Comment ferait-il, pour nous rejoindre ? Il ne le pourrait pas. Il ne le pourrait plus et tout serait fini.

C'était inacceptable, je ne pouvais l'envisager. Dans mon désarroi, dans ma rage, notre départ m'apparaissait comme une trahison. Ma mère n'avait pas le droit de m'emmener ailleurs, de me faire quitter la ville, d'abandonner la maison, le jardin.

Elle n'avait plus le droit de rien.

J'aurais dû détester mon père, et lui seul. Pourtant je la haïssais davantage.

J'y mettais toute ma violence, mon âpreté d'adolescente. Je leur en voulais tellement.

Mon père, ce pauvre lâche, déserteur. Ce nul, qui était parti sans rien dire. Sans moi. Qui ne ferait sans doute pas un signe, pour mes quatorze ans, dans un mois.

Ma mère, cette garce incapable d'amour, qui m'humiliait par jeu. Qui se haussait du col, en me diminuant.

Seule avec moi, dans la voiture, un peu plus tard, elle avait lâché, d'un ton différent :

– Qu'est-ce que tu t'imagines ? Pour moi aussi, c'est dur…

Il y avait eu cette infime fêlure, tout juste perceptible, aux derniers mots. *C'est dur.*

Cette fragilité sur laquelle je détestais d'avoir à m'attendrir. Mon regard s'était posé sur elle, malgré moi. Elle mordillait nerveusement sa lèvre, en regardant la route. Ses mains étaient crispées sur le volant. Ses paupières clignaient un peu trop souvent, sans doute pour chasser une ébauche de larmes qui risquaient de gâcher le Rimmel. Malgré moi, je m'étais rapprochée d'elle, à peine.

Elle avait esquivé l'éventualité d'un câlin, comme si ma tendresse était pestiférée.

– Ah, ne viens pas me coller, surtout ! Assieds-toi bien, tu vas me gêner pour conduire.

Notre silence, après, en muraille de Chine.

Ma mère avait décidé de reprendre un travail. Elle avait trouvé un emploi de vendeuse aux « Délices d'Alice ». C'était une jolie pâtisserie, à l'angle de la rue des Teinturiers et du boulevard Magenta.

Ce travail avait radouci ses humeurs noires et signé l'armistice entre nous.

Nous ne retrouverions jamais plus notre

entente. D'ailleurs, y avait-il jamais eu de tendresse autre que cette affection obligée ? S'il y en avait eu, je l'avais oubliée.

Mais elle redevenait moins sèche, moins râpeuse dans ses propos. De mon côté, je feutrais mes discours, je mettais un bémol à mes insolences. Elle prenait mes efforts comme s'ils lui étaient dus. Se bornait à les reconnaître, sans gratitude, sans émotion. Elle appelait cela *grandir*. Je traduisais : devenir lâche.

Nous logions dans un grand appartement, au-dessus d'un marchand de fleurs.

Ma chambre était sombre et spacieuse. Je l'aimais bien. Le plancher inégal avait des reflets rouges. Les petites fenêtres donnaient sur l'étroite rue des Meuniers. Il n'y avait pas de vis-à-vis. Mon horizon, c'était un mur. J'y voyais comme une ironie.

Le matin, lorsque je descendais, tout l'escalier semblait vouloir m'accompagner, de marche en marche, par ses grincements, ses soupirs. Au lieu de sortir côté rue des Meuniers, je traversais l'arrière-boutique et passais par le magasin, entre les hauts glaïeuls, les arums dédaigneux et les petits bouquets de roses.

M. Vernier, le fleuriste, m'avait gentiment proposé le raccourci. Ainsi, je débouchais sur le boulevard, à cent mètres de mon collège. Je n'y gagnerais pas grand-chose en distance, mais j'aimais bien commencer ma journée par des fleurs.

Dans l'arrière-boutique régnait pourtant une odeur écœurante. Un mélange entêtant de pourriture, d'eau croupie, de douceurs avariées.

M. Vernier avait ri, en me voyant plisser le nez, la première fois.

– Ça t'étonne, ça, hein ? Eh oui, tu vois : les fleurs, ça pue !

J'avais rougi. Est-ce que c'était mal élevé, de faire la grimace ? Est-ce que j'aurais dû me retenir, faire comme si de rien n'était ? Mais il continuait.

– C'est vrai que ce n'est pas bien ragoûtant, quand ça se fane ! Mais c'est tellement beau, avant... Tu imagines, une vie sans fleurs ? Ce serait triste, non ?

Je n'avais pas osé lui dire que dans l'appartement, il n'y avait pas de fleurs. Dans aucun vase. Et qu'après le départ de mon père, je n'avais jamais vu ma mère arroser une plate-bande, ou nettoyer un des massifs de mon ancien jardin.

Si je pouvais imaginer *une vie sans fleurs* ? Je n'en concevais pas une autre, à vrai dire. Et c'était triste, absolument. J'aurais pu le lui confirmer.

M. Vernier était veuf. Le nez long et la jambe courte, un gros ventre et de petits bras. Il marchait en se dandinant, à pas sautillants de jouet mécanique.

On aurait dit un aimable pingouin. Je me moquais un peu de lui, mais gentiment.

Je l'aimais bien. Parfois je le mariais, en rêve, avec ma mère. Non pas que sa solitude me la fasse prendre en pitié, mais je présumais que si elle tombait amoureuse, elle me laisserait plus de liberté. Elle et M. Vernier auraient formé un couple des plus improbables. D'ailleurs, vu le peu d'attention qu'elle lui témoignait, il était clair qu'il ne lui plaisait pas. Qu'importe, les jours d'énervement, j'affublais ma mère d'une robe blanche en dentelle, et le fleuriste d'un costume de cérémonie. Je leur faisais prendre la pose sur le parvis de la cathédrale, émus et rougissants sous les lancers de riz. Difficile de garder son sérieux, après ça.

– Qu'est-ce que tu as encore, à rire toute seule ? grinçait ma mère.

Je réprimais mal mon fou rire.

Elle se contentait de hocher la tête, ou laissait tomber d'un air las :

– Décidément, tu es idiote, ma pauvre fille.

J'échafaudais d'intéressantes théories sur le poids de l'hérédité. Mon idiotie était, hélas, congénitale. Je savais bien de qui je la tenais.

Cette rentrée en troisième s'était, contre toute attente, bien passée.

Je ne me sentais plus à l'étroit, comme l'année précédente, dans mon autre collège. Ces nouveaux champs étaient vastes, à courir. Grande cour, hauts bâtiments sévères, qui s'écaillaient sous leur salpêtre, dignement. La façade noircie s'agrémentait d'une antique verrière, qui servait vaguement de préau, les jours de pluie.

Les classes étaient longues et sombres. Celles du rez-de-chaussée plus encore, que l'auvent de verre sali, dépoli, isolait du soleil autant que des averses.

Le collège était un ancien couvent. Il avait gardé, de cette vocation première, une glaciale austérité. Un jour piteux s'y répandait en lumière morose. Elle glissait tout au long des murs, peints de ces couleurs mortifères qui habillent indifféremment casernes, hospices et hôpitaux. Dans l'air flottait une odeur de vieille poussière et d'éponge à tableau rancie. Les néons nous donnaient un teint cireux et morne de cadavre. Les couloirs résonnaient longtemps du bruit des pas. Ça sonnait clair, puis brusquement fêlé, sur le vieux carrelage. Devant les tableaux noirs, il y avait une estrade. Les professeurs nous disaient *vous*. Ils étaient vieux, pour la plupart, mais ils ne semblaient pas hostiles. Le prof de français avait l'air d'un fou, avec ses petites lunettes rondes, son crâne chauve, bordé d'une couronne de cheveux gris, frisés, trop longs. Il parlait en roulant les « r », portait des pantalons qui tirebouchonnaient toujours sur ses chaussures. Nous l'avions baptisé Tournesol, évidemment. Persuadés d'être originaux.

Les élèves ? Je m'en foutais. J'étais solitaire, sauvage. Je ne faisais aucun effort.

J'aurais été apprivoisée d'une seule caresse, plutôt mourir que de la quémander.

J'aimais l'anonymat des foules en mouvement. Nous passions par troupeaux entiers dans le hall. Nous montions, descendions, d'un pas raide de militaire. Il y avait des arrêts fréquents, obligatoires, premier palier, second palier, première porte du couloir… Nous étions quarante par classe, les professeurs nous appelaient par nos noms de famille. J'étais *Mademoiselle Gardie.*

Mon père existait donc, à travers moi, entre ces murs. Il m'accompagnait jusque sur les registres. En m'appelant, six à huit fois par jour, on le ramenait à la vie. Le terme me semblait exact, car je m'estimais orpheline. Le considérer mort, c'était plus facile, sans doute, que de l'imaginer vivant une autre vie. Une égoïste vie dont nous étions exclues. Passe encore pour ma mère, il ne voulait plus d'elle, et je le comprenais. Mais moi… M'abandonner, *moi*…

Je lui avais trouvé des milliers de raisons, d'excuses. Aucune n'aurait pu m'empêcher de l'aimer. Je découvrais précocement que l'amour ne doit rien au mérite. Mon père était parti, sans prévenir, ni prendre de nouvelles. Ma mère était restée, elle s'occupait de moi. C'est elle que je méprisais. Chaque fois que je pensais à elle, c'était avec colère, cynisme, agacement.

Lorsque j'envisageais le retour de mon père, je prévoyais des retrouvailles magnifiques, d'une superbe intensité. Il avait lentement grandi dans ma mémoire. Plus grand, plus fort, plus capable de tout. C'était le meilleur père au monde.

Le meilleur, simplement.

Sur le court trajet du collège je l'imaginais m'attendant, nonchalamment appuyé au pilier du portail. Il serait habillé comme les détectives, dans les films américains. Trench-coat couleur mastic, chapeau rabattu sur les yeux, cigarette fichée au coin des lèvres. Il aurait été relâché par les Russes.

Mais devant le pilier, il y avait des élèves. Aucun homme ne portait de chapeau dans la rue. La mode des trench-coats était passée depuis longtemps. Je savais désormais où était la Russie. Les histoires d'espions ne m'intéressaient plus. Le cours de mes journées resterait sans surprise : le matin, il y aurait deux heures de français et une heure de maths. Ou l'inverse. Et le soir, ma mère rentrerait après moi, en soupirant :

– Mon Dieu, quelle journée ! J'ai mal aux pieds, je n'en peux plus !

Il faudrait appeler ça « vivre ».

Tout aurait dû pousser à la déprime, la puberté, le dépaysement. Notre *situation familiale,* ce terme un peu géographique, qui permettait sûrement de me localiser, sur la carte des afflictions.

Pourtant non, je me sentais à l'aise. J'aimais bien cette solitude discrète que me permettait le collège. L'énorme bâtiment était un lieu d'observation, de découvertes. Je l'explorais dans ses moindres recoins. Je montais jusque dans les étages privés, tremblante et excitée à l'idée de me faire surprendre. Je m'aventurais au sous-sol, qui n'offrait pas d'autre intérêt que celui d'être interdit. Soit j'avais un talent pour me rendre invisible, soit la surveillance était inefficace : jamais je ne fus prise sur le fait, au cours de mes expéditions.

Un lieu, surtout, me fascinait. On l'appelait le *jardin défendu*. Il m'avait intriguée dès la rentrée. C'était un clos immense, planté de fruitiers, mal entretenu, qui appartenait au collège. Il avait dû servir aussi de potager aux sœurs. Il longeait tout le bâtiment, sur l'arrière, se prolongeant jusqu'au boulevard. Plusieurs fenêtres le surplombaient, au bout du couloir du second étage, le long duquel se distribuaient les classes de sciences et de géographie. Avant d'entrer en cours, je fantasmais sur cette séduisante jungle où couraient de petits chemins, à peine discernables au travers des branches et des dernières feuilles de l'automne. En me penchant, j'apercevais une bâtisse engoncée dans un manteau de lierre, au beau milieu du parc. Je fourmillais d'envie de la voir de plus près. Je projetais des plans fumeux, complexes. J'établissais déjà parcours et stratégies. Les rumeurs les plus alléchantes couraient sur ce lieu. On y aurait trouvé un pendu. Un trésor y serait enfoui, depuis le Moyen Âge…

Bien entendu, il était formellement interdit d'entrer dans ce jardin. C'était un encouragement supplémentaire. Mais par où y accéder ? Le collège ayant été agrandi quelques années plus tôt, il ne restait que deux chemins possibles : une porte, au rez-de-chaussée, qui obligeait à passer devant le bureau du principal. Trop dangereux. Une autre, en métal rouillé, dehors, à l'angle des toilettes et de l'entrée de la cantine. Verrouillée elle aussi. Je passerais par là. C'était dit. Comment ? Je n'en avais pas la moindre idée, mais cela ne refroidissait pas mon enthousiasme. Je trouverais, c'est tout. J'avais en moi une confiance illimitée.

La solution me fut donnée par les intempéries. Au début du mois de novembre, une pluie diluvienne s'abattit un matin, métamorphosant la grande cour de la cantine en mer intérieure. Le concierge, pris de court par la montée des eaux, traversa en bottes de pêche et vint ouvrir la fameuse porte, pour laisser épancher la crue dans le jardin. Ce jour-là, j'étais à mon observatoire, museau collé à une vitre du second. J'attendais le professeur de sciences, avec le reste de ma classe. Un vent furieux secouait violemment les arbres et, vu d'en haut, imprimait aux feuillages ces mouvements tournants, imprévisibles, qui animent, d'une même danse insolite, bancs de poissons et vols d'oiseaux.

Soudain, comme je me perdais dans la contemplation de la tempête, je vis le battant s'ouvrir d'un coup, dans le mur du collège, et se rabattre à la volée. Puis la silhouette du concierge repartir en courant, sans doute vers sa loge. Déjà, un torrent déboulait dans l'allée, se scindait en ruisseaux nerveux, s'épuisait en de vastes flaques. Peu après, il y eut une vive détonation, une vibration de métal. La porte venait de claquer brutalement. Elle masquait de nouveau la cour grise et noyée du collège.

Le lendemain, poussée par un espoir

inexplicable, j'allais vérifier, discrètement, si la porte était cadenassée. Elle ne l'était pas. La voyant refermée, le concierge l'avait sans doute crue verrouillée par l'homme d'entretien.

J'étais seule à savoir qu'un passage existait, désormais, vers cet univers parallèle.

Il suffit d'espérer pour commencer à croire. Pas un instant je n'ai douté que ce jardin s'était ouvert pour moi. À la récréation de dix heures, j'ai juste entrebâillé la porte.

Je me suis faufilée, en refermant aussitôt derrière moi. Plaquée contre le mur, je suis restée là, bouleversée. Avec cette impression excitante, violente. Ce bonheur.

Curieusement, je n'ai pas « reconnu » le jardin. Je l'avais trop imaginé, en bricolant du merveilleux sur des éléments disparates. Un morceau de bâtisse, une amorce d'allée, un taillis, une haie. Tout cela vu du deuxième étage, au travers de vitres bosselées. Menteuses.

Devant moi, sous un soleil clair et froid de novembre, il n'y avait qu'un vieux parc endormi. De petits bancs paisibles, en arc de cercle. Une allée plantée de bustes, aux visages blanchis, tavelés de lichen. Sur ma gauche, un verger délaissé, aux fruitiers noueux, hérissés de gourmands et grumeleux de sève. À droite, des massifs, qui avaient dû se plier à des formes précises, jadis. Boules, rectangles, arceaux, dont je devinais encore vaguement les contours, sous des révolutions de branches indociles. Plus loin, contre le mur du collège, un ancien potager, en fouillis. Quelques longues serres basses, aux vitres brisées, sur des châssis de bois aux montants effondrés par endroits. Face à moi, à trente mètres à peine, la construction recouverte de lierre qui m'avait intriguée. Pour y aller, il me faudrait marcher un peu à découvert. Je serais peut-être visible depuis les fenêtres du second. J'hésitais. La sonnerie du premier cours me secoua comme un choc électrique. Je m'échappai à toutes jambes, en me jurant de revenir. Le jardin défendu m'hypnotisait déjà.

Je me souviens des rêves récurrents que j'ai faits, à l'époque. Je pousse à l'infini des portes de métal. Il en reste toujours de nouvelles. Je m'épuise à courir entre de hauts murs gris, qui se replient en labyrinthes. Parfois ils se resserrent au point que je ne peux qu'avancer de profil. Derrière ces remparts, ces portes, il y a mon père, j'en suis sûre. Je tambourine, je m'écorche les poings, je hurle. Ma voix n'est qu'un murmure. Parfois même, je ne peux plus émettre un son. Enfin, un ultime battant, tout bardé de serrures. Je les déverrouille une à une. Je m'y reprends à plusieurs fois. C'est épuisant, et ça n'en finit pas. Derrière, il y a le jardin. Au cours de certains rêves, il se ressemble, il est paisible. Dans d'autres, il est étrange, hostile. Différent. Mais c'est le même lieu, c'est évident. Les statues tournent vers moi leurs grands yeux vides, graves. Mon père est dans cette maison, tout au bout d'une allée immense, qui s'allonge un peu plus encore, à chaque pas. Je cours sur un sol mou dans lequel je m'enfonce. Le concierge me tend des bottes. Par les fenêtres du collège, on me jette un bateau, des rames, une bouée. Des pierres aussi, parfois. L'allée devient une rivière, le courant me repousse, m'éloigne. Dans la maison, il y a mon père. Il ne sait pas que je suis là. Je l'appelle. Il ne répond pas. Quelquefois, je crois voir ma mère, juste au bord de la rive, sur un fauteuil de jardin vert. Elle me fait un petit coucou amusé, de la main. J'essaie de m'agripper aux herbes du talus, en vain. L'eau me refoule, me ramène à mon point de départ. Et tout reprend, tout recommence. Les portes et les murs. Les cris sans voix et les pas englués.

Au réveil, j'étais soulagée et déçue. Je quittais l'oppression pour trouver la tristesse.

Je tentais de me souvenir de ces visions confuses. Je croyais fermement que c'était un langage, qu'il y avait un message, un sens caché. Que je le découvre, aussitôt ma vie prendrait un autre cours.

Mais les rêves fuyaient, se délitaient, restaient énigmatiques.

À cette époque, j'ai commencé d'écrire des poèmes. Ils jaillissaient de nulle part, s'imprimaient dans ma tête, impérieux.

Maladroits. J'écrivais sous ma propre dictée, sans savoir. Sans prévoir. Aux mots succédaient d'autres mots, comme les portes, dans mes rêves. Je dessinais beaucoup, aussi. Des visages figés. Des rues vides. Des jungles oppressantes. De longues étendues de déserts gris et froids.

Les jours où elle se préoccupait brusquement de mon sort, ma mère s'étonnait de me voir sans amis. Ce temps passé – *perdu !* – devant des feuilles blanches, papier Canson ou papier quadrillé, grands carreaux, grand format, c'était inconcevable.

Elle jetait, agacée, abrupte :

– Tu n'as vraiment rien d'autre à faire ?

Non.

– Tu ne pourrais pas sortir ?

Pour quoi faire ?

– Tu ne peux pas prendre un peu l'air ?

Le prendre à qui ? Ou : l'air de quoi ?

J'avais des réponses insolentes. Mais rarement à haute voix.

Ma mère renonçait. Elle haussait les épaules, lâchait d'un ton désabusé :

– Ah non, décidément, ma pauvre fille !...

Donc j'étais une *pauvre fille.* Décidément oui, je l'étais.

Je n'en saurais pas davantage. Je sentais bien le poids des points de suspension. Aigus, pointus, les silencieux reproches… Plantés comme des clous au milieu de mes tempes, les mots blessants qu'elle ne me dirait pas.

Aujourd'hui je sais que la pente est facile pour se laisser glisser vers la haine, à quatorze ans. Les sentiments sont neufs, pas encore émoussés. On peut haïr autant qu'on aime. Les blessures sont éternelles, et les serments, définitifs. Un rien exalte, ou mortifie.

Lorsque ma mère ressortait de ma chambre, je froissais mon travail, le détruisais rageusement. Elle l'avait déprécié, d'un regard. Elle flétrissait mes mots, mes brouillons, mes croquis. Je la détestais sans relâche. Le baromètre allait de la répulsion au mépris. Certains soirs, je m'exaspérais de sa seule présence. Sa voix, son parfum, la couleur de sa jupe, ses gestes, sa coiffure, l'ensemble me heurtait comme un défi. Par moments, cependant, je la tolérais mieux. Il y avait de courtes trêves, de singuliers cessez-le-feu. Parfois même, des rires, et c'était insolite.

Je l'aimais de plus en plus rarement. Avec de moins en moins d'amour. Je ne comprenais pas sa vie. Sa fatigue perpétuelle. Ses réflexions au vitriol. Cette vision du monde, laide. Cette façon de traîner, le week-end, décoiffée, molle. En pyjama. Les heures qu'elle passait au téléphone avec sa sœur, son amie Jacqueline. Et leurs conversations en regrets éternels, où revenait, systématiquement, la lâcheté de ce fuyard, ce monstre. Le bonheur qu'il y aurait à pouvoir se venger.

La frustration de ne pouvoir le faire.

Je grandissais au milieu de tout ça. La bile, la rancœur. Avec, toujours, en filigrane, la présence obstinée de mon père, *ce salaud*...

Le collège était devenu un lieu essentiel, magnétique. J'étais impatiente d'y aller, pour deux bonnes raisons : m'éclipser de chez moi, retourner au jardin.

J'avais découvert qu'un des meilleurs

moments pour m'y rendre, c'était l'heure de la cantine. Ma tactique était éprouvée. Je me rangeais avec le troupeau affamé. Puis, brusquement, j'obliquais vers les toilettes, avec un air pressé, légèrement soucieux. Là, j'attendais. Nous étions si nombreux que je n'existais pas. Lorsque les ultimes retardataires avaient enfin rejoint les autres dans la salle, je ressortais. À ce moment, je le savais, la cour serait déserte. Le concierge ne pourrait pas me voir de sa loge : elle donnait sur l'autre cour. Les professeurs seraient à table, dans leur salle à manger réservée. Nous n'avions pas de tables définies, on changeait de voisin au gré de l'affluence, ou des affinités. Comme je n'avais pas d'amis intimes, personne ne verrait que je n'étais pas là. Je me retrouverais seule au monde, momentanément disparue. Libre, le temps béni d'un intervalle. Ce temps, bien trop bref, du repas.

L'excitation de l'aventure suffirait largement à rassasier ma faim. J'avais plus d'appétit pour cette liberté que pour les daubes aux pâtes molles, ou les lentilles farineuses où s'embourbait un rôti gris. Je n'étais pas anorexique, oh non !

Je comblerais le soir les manques du midi. À tel point, certains jours, que ma mère ne pourrait s'empêcher de dire :

– C'est à croire qu'ils ne vous donnent rien à manger, là-bas !

Je ne la démentirais pas.

Dans le jardin, j'éprouvais une joie profonde, inexplicable. Le calme, et puis cette impression de supplément, volé au cours ennuyeux de ma vie. Le parfum d'aventure, d'interdit, de mystère. Il y avait tout cela, bien sûr. Pas suffisant pour expliquer cette émotion qui m'étreignait, en découvrant l'allée, les statues, la gloriette au lierre.

Car ce bâtiment que j'avais entrevu, depuis le couloir des sciences, ce n'était qu'une grande tonnelle ronde. Ceinte d'un muret bas où je pouvais m'asseoir. Huit larges piliers de brique soutenaient une charpente magnifique. Le lierre les avait recouverts de ses embrassements serrés, puis s'en était allé vampiriser les tuiles.

Il retombait en rideau sombre, presque jusqu'au sol, par endroits. Au centre, une table ronde. Son plateau de fer noirci reposait sur un piétement sculpté représentant un lion aux pattes épaisses. Autour de la table, trois petits bancs de pierre arrondis, comme ceux que l'on trouvait çà et là dans le parc.

Je m'asseyais toujours sur le banc qui tournait le dos aux murs gris du collège, aux serres, au potager. Face à moi, le verger. Tout au fond, une haie de cyprès à la fourrure épaisse. Les bustes un peu guindés, attentifs. Les massifs.

Ce jardin et moi, nous nous ressemblions. Nous avions en commun d'avoir connu la rigueur, les tuteurs, les principes. D'être aujourd'hui à l'abandon. Ce n'était pas qu'un lieu inaccessible. C'était un jardin condamné. Condamné au silence, à l'oubli. À la tranquillité. Je respectais cela. Ici, je ne me sentais pas intruse. Au contraire, jamais je n'avais ressenti un tel accord parfait, entre le monde et moi.

J'aimais ce jardin. Il m'aimait. C'était aussi simple, aussi fou que cela.

J'avais décidé de le peindre, pour pouvoir l'emmener chez moi. Mais plus je tentais de le fixer dans ma mémoire, plus mes croquis me décevaient, lorsque j'y travaillais, le soir, à mon bureau. Il y manquait toujours quelque chose, une perspective, un détail. Il y manquait surtout la poésie mélancolique des cyprès, des statues et de la tonnelle. Il me fallait le dessiner sur place. J'emporterais mon matériel.

Je n'avais qu'un petit carnet, au papier mince, transparent. J'étais maladroite, mal outillée. Pourtant, c'était un pur bonheur de laisser courir le crayon sur le bloc.

Plus tard, j'ai apporté des ciseaux, des cartons, de la colle. Sans l'ombre d'un scrupule, j'ai *emprunté* du matériel dans les placards des salles de dessin. De son côté, comme je l'avais timidement sollicité, M. Vernier me fournissait en chutes de raphia, papier cristal, rubans de toutes les couleurs.

– Qu'est-ce que tu vas nous faire, avec tout ça ?

– Je bricole.

Il se contentait de la réponse. Certains jours, grâce à lui, je partais au collège mon sac rempli de pacotilles. Paillettes. Minuscules morceaux de rien.

Il y avait la couleur, aussi. Les craies, volées sur les réglettes des tableaux, au moment de quitter la classe. Les gouaches, que je faisais acheter par ma mère qui, par chance, n'élevait aucune objection dès lors qu'il s'agissait de fournitures scolaires.

Même par temps de pluie, le sol n'était jamais humide sous la table de la gloriette. J'y avais entreposé des matériaux divers, sans réfléchir à leur usage. Je ne pouvais pas venir au collège avec un matériel encombrant, aussi je ne m'aventurais qu'à de petites contrebandes. Tout ce qui pourrait entrer dans mes poches. Pas plus.

Les feuilles de dessin, je les pliais en quatre, en huit, en seize. Mon blouson hébergeait des gommes, des ciseaux. Les poches tapissées de brisures de craies, j'introduisais mes arcs-en-ciel en fraude.

Reproduire la réalité, c'était tellement difficile. Je ne m'y risquais plus. J'essayais l'abstraction, puisque mes essais figuratifs me décevaient toujours, par leurs imperfections. Sans rien connaître à l'art, je trouvais du plaisir à traduire mes émotions de toutes les façons, des plus désordonnées et des plus impulsives aux plus pointilleuses et soignées. Taches de couleurs et collages de branches.

Cailloux volés à l'allée, que je réorganisais, patiemment. Que je dressais en petits cairns, sur le sol.

Sur mes plus grandes feuilles, je laissais s'épancher tous mes débordements.

Sur les petits formats, je m'astreignais à des minuties japonaises.

Je dessinais directement sur la brique, au fusain, en me servant des reliefs, des éclats, de l'usure. La gloriette s'animait peu à peu de bandes de papier coloriées, étendards aériens. De visages brumeux à la pierre arrachés. J'allais de trouvailles en trouvailles. Je ne savais pas si c'était beau, ça n'avait aucune importance.

Je possédais un bien inestimable : une heure entière à marier le jardin avec mon art naïf. Une heure, qui passait de façon foudroyante à tel point que, déjà, j'avais parfois manqué le début du premier cours de l'après-midi. Et je m'obligeais, maintenant, à ne pas perdre l'heure de vue. À ne plus venir chaque jour, de crainte d'être repérée, à la longue. C'était un sacrifice. J'attendais le moment propice, l'esprit obnubilé, le cœur tendu, douloureux comme celui d'une amoureuse.

Le jardin me protégeait du monde, et m'en éloignait à la fois. C'était un bonheur d'Harpagon, égoïste. Un trésor que je ne pouvais, ne voulais partager. Rien ne m'importait plus que cette parenthèse, cette fuite hors d'atteinte.

J'étais aidée, dans mes évasions, par le manque d'organisation du collège. Les surveillants de la cantine n'étaient pas ceux des cours. L'appel était aléatoire. Et lorsqu'il se faisait, c'était dans un tel brouhaha que je pourrais toujours prétendre, le cas échéant, que j'avais répondu *présente*, mais qu'on ne m'avait pas entendue.

Quant aux professeurs, lorsqu'on arrivait deux minutes en retard, ils se contentaient d'ordinaire d'un *j'étais aux toilettes,* qu'il suffisait de bafouiller d'un air gêné, en gardant le front bas.

Chez moi, l'air était lourd, et le silence opaque. Après un léger mieux lors de notre arrivée, ma mère, depuis quelque temps, s'enfonçait chaque jour plus profond dans son mutisme. Mon attitude hostile n'arrangeait pas l'ambiance. Je mettais un point d'honneur à ne rien lui céder, hors le strict nécessaire : bonjour, au revoir.

Sans cette concession, je le savais, ma vie serait devenue difficile. Je tenais à avoir la paix, je serais donc polie. Pour le reste, mes sentiments ne regardaient que moi. Ma mère pouvait encore m'interdire de sortir. De penser, elle ne pourrait pas.

Les autres élèves se plaignaient parfois de leurs familles. Père ceci, mère cela. Frères ou sœurs jaloux, brutaux ou despotiques. Je les écoutais d'une oreille agacée, sans indulgence. Eux, ils ne savaient pas ce que *souffrir* veut dire ! Du haut de mon malheur incompris, je me croyais, je me voulais unique. J'étais pleine d'orgueil, et ça m'intoxiquait. Pleine de honte aussi, je m'en souviens.

Comment dire le départ de mon père ? Non pas sa mort, mais sa disparition ? Sa pitoyable fugue ? Les jours où je ne me berçais pas d'illusions, la vérité se faisait douloureuse. Mon père était sans doute un pauvre type. J'étais sa fille, abandonnée. Ma situation était originale, certes. Mais il n'y avait pas matière à s'en vanter !

Heureusement pour moi, le jardin, les couleurs, mes rêves de papier, agissaient comme autant de philtres. Contrepoisons à mes chagrins, à mon égocentrisme. Contradiction étrange, que je n'expliquais pas. M'isoler ainsi de la vie me la faisait comprendre davantage. Je m'éloignais des autres et, pourtant, j'avais le sentiment de m'ouvrir en dedans. Peindre, c'était ne plus avoir treize ans, une mère glaciale, un père déserteur. Une vie triste. C'était voyager loin au-delà de moi-même. M'évader hors de ce petit Moi injuste et capricieux, d'un trait de fusain noir, d'une coulée de gouache. C'était me sentir bien.

Un soir, alors que je passais par l'arrière-boutique, le fleuriste m'a fait signe de le rejoindre au magasin.

– Comme je suis allé chez ma sœur, vendredi, j'ai pensé... enfin, voilà, je t'ai rapporté ça.

Il m'a tendu un objet de la taille d'une boîte à chaussures, enveloppé de plastique noir. Je l'ai pris. J'ai failli le lâcher aussitôt, surprise. C'était lourd et glacé.

Intriguée, j'ai posé le paquet sur le comptoir. Sous le plastique, des bandes de tissu, salies de traces brunes. Démailloté, l'objet s'est révélé être un gros bloc de terre.

– C'est de l'argile. Ma sœur fait de la poterie. Je ne sais pas si ça peut te servir. Je me suis dit que ça t'amuserait... Il faut toujours la garder humide, et puis bien l'emballer, comme ça. Si la terre sèche, tu ne pourras plus rien en faire !

J'ai remercié. Monté l'escalier quatre à quatre, fébrile. Dans ma chambre, j'ai regardé ce cadeau, indécise. J'ai détaché un morceau pas plus grand que ma paume. Juste pour éprouver la matière. Sentir sa douceur froide, malléable. Soumise. Je l'ai malaxé longuement, pour le tiédir. Puis je l'ai modelé, sans intention particulière.

Façonnant au hasard des arcades enfoncées, un nez un peu plongeant, long, à l'arête fine. Bouche large. Joues creuses. Visage sur lequel je me suis appliquée. Que j'ai enfin identifié. Mon père. Faisant irruption, par surprise. Traîtrise. Car c'était lui, sans aucun doute. Pas son portrait précis, j'en aurais été incapable. Une interprétation de lui, plutôt. Mais d'une fidélité dérangeante, jusque dans l'expression. Lui, dans cet air de se moquer de tout. Dans l'ombre de sourire, né malgré moi, pourtant, d'un geste accidentel. Dans le relief heurté du maxillaire, de la tempe. Je l'ai contemplé, là, longtemps. Lui. Revenu. Jailli de nulle part.

Et que j'ai patiemment écrasé de la paume.

En m'offrant cette argile, le fleuriste a-t-il su, ce jour-là, ce qu'il faisait ?

Je me suis mise à modeler, dans le jardin. Masques étranges, petits personnages ébauchés, Vénus maigres. En partant, je laissais après moi une tribu de silhouettes, un clan de sœurs et de frères bonsaïs. Je n'avais aucune technique, je rectifiais grâce aux erreurs.

Les masses trop compactes se fendaient en séchant ? Je devrais évider, creuser, donner de l'air. J'apprenais que le plein se bâtit sur du vide.

Les bras et jambes, trop fragiles, se cassaient pour un rien ? Il faudrait renforcer, tuteurer. Les envolées obligent une armature.

J'avançais par tâtonnements, comme l'enfant qui découvre ce qu'est la flamme en se brûlant. La terre m'enseignait l'humilité. J'avais cru la dompter, m'en rendre maître ? Elle refusait le pli, le geste, l'impulsion. Je m'énervais. Je broyais à grands coups de poing une heure de travail. Je quittais le jardin sur une vexation, un ratage. Deux ou trois jours après je revenais, une poignée d'argile neuve dans ma poche. Je travaillais le front barré de rides, œil noir et dents serrées et, miracle, un visage naissait, un corps en mouvement, une danse immobile. Je ne sculptais jamais chez moi.

J'avais besoin d'isolement. Je ne supportais pas d'être dérangée.

La porte du jardin s'ouvrait sur un monde magique, une autre dimension.

J'y entrais, pénétrée d'une foi animiste, celle des peuples primitifs. Les arbres, les statues, faisaient autant partie de l'univers que moi. La tonnelle vivait, respirait. Laissait flotter ses rubans de couleur. Elle prenait le vent aux papiers de soie de ses voiles. Elle était mon vaisseau des lentes traversées. Au pied de chacun des piliers, en figures de proue, j'avais posté des masques convulsés, que j'imaginais bénéfiques. En procession figée, sur le muret de pierre, toutes mes créatures me tenaient compagnie. Elles avaient une âme. Elles me préserveraient des périls, des mauvais coups du sort. Je leur parlais à voix intime, comme j'avais parlé à mes peluches, quelques années auparavant. Elles ne me protégeaient pas de la foudre, du vent. Ni de la nuit qui tombe. De la peur de rentrer chez moi, simplement.

Autour de moi, c'était le monde. Derrière

les murs du collège, et celui bordant l'avenue. J'entendais le ressac de la vie, son bruissement perpétuel. Le jardin était une bulle. Dans ma naïve certitude, ce temps privilégié pourrait durer toujours.

Je n'y dessinais plus beaucoup, par contre. Mes dessins duraient le temps d'une éclaircie, c'est-à-dire trop peu. Lorsque la pluie cinglait de biais, elle délayait mes fusains. Mes oriflammes prenaient l'eau. Mes rêves naufrageaient, fragiles. Alors je modelais. Avec obstination. Le plaisir allait grandissant, à l'inverse de mes progrès. Il y avait eu le temps de mes pas de géant. J'y avais découvert en quelques jours l'exigence de la matière, ses propriétés infinies. Chaque geste me guidait vers un autre, me donnait un élan nouveau. Maintenant j'avançais à marche plus réduite. Des semaines sans rien trouver, à repasser cent fois par les mêmes chemins, à refaire les mêmes choses. À me copier moi-même, sans talent. Puis soudain – découverte imprévue, heureux hasard – une route s'ouvrait devant moi. Je trouvais inouï, fabuleux, de sentir naître sous mes doigts une courbe, un ventre, une attitude. Une vie, brusquement accouchée. Je restais suffoquée devant le résultat. J'étais créatrice, démiurge. J'étais égale à Dieu.

Dans ces moments-là, je brûlais de montrer mon travail. Mais à qui ? À ma mère ? Sûrement pas. À mes amis ? Aucun d'assez sûr, d'assez proche. M. Vernier ? L'idée m'avait effleurée, je l'avais repoussée aussitôt. Il trouverait ça ridicule.

À mon père ? Il n'était plus là. Je me sentais aussi frustrée qu'un acteur dans une salle vide. Puis rassurée, finalement. Mes statues resteraient pour moi. Pas de critiques. Pas de jugements. Surtout pas.

M. Vernier me rapportait de temps à autre un bloc de terre. Je ne lui avais rien dit de mes sculptures. Il savait, pourtant. C'était évident, il savait.

Nous parlions de plus en plus, tous les deux. Un jour, il m'avait montré ses carnets de dessins. C'était très beau. Un peu étrange, inquiétant même. Plein de force.

Il travaillait avec des encres, dans des tons de terre et de suie, et des rouges sombres, ferreux. Il était question de steppes, de déserts. D'ombres pâles, courbées sur des landes arides. J'avais admiré à voix haute. Mon enthousiasme était sincère.

Son émotion l'était aussi.

– Je t'apprendrai deux ou trois choses, si tu veux. L'expérience, ce n'est pas très facile à partager. Mais avoir un peu de technique, ce n'est pas si mal ! Ça fait gagner du temps. Moi, j'en ai trop perdu…

– Pourquoi vous ne faites pas peintre, au lieu de fleuriste ?

– C'est la vie… Et puis j'aime les fleurs. Composer de beaux bouquets, c'est de l'art aussi, je t'assure ! De toute façon, on peut trouver du beau partout. Ce qui compte, c'est le regard que tu portes sur les choses. Tiens, je te le prouve : montre-moi un objet. Ce que tu veux, n'importe quoi !… Vas-y !

Je riais. Je cherchais de l'œil. N'importe quoi ?… Il allait voir !

– La poubelle, dehors !

– Cette poubelle-là ? Mais c'est une œuvre d'art !… Regarde : son gris acier fait ressortir le gris plus léger du ciment, juste derrière, sur le mur. Et celui du bitume, il est gris beaucoup plus foncé, presque noir, tu vois ? On devrait intituler ce tableau : *Grand Camaïeu de gris sur poubelle et trottoir.*

– Grand quoi ?

– Camaïeu. C'est le nom donné aux tableaux qui sont d'une seule couleur, mais dans différents tons. Gris clair, gris moyen, gris foncé, tu comprends ?... Bon, allez, à toi, maintenant...

– ... ?

– Eh bien ?! À ton tour d'y trouver quelque chose de beau, je t'écoute !

Quelque chose de beau dans la poubelle ? Il me prenait pour une idiote, non ?

Non. Son regard était calme, grave, avec toujours cette ombre de sourire. Cet air de tout comprendre, et de ne rien juger.

Quelque chose de beau... Je croyais ne rien voir. Je me prêtais quand même au jeu. Et c'est vrai qu'en changeant un peu mon point de vue... Cette étiquette jaune, elle tranchait sur le gris comme un soleil fiévreux. Ce papier froissé, sur le sol : éclat de neige. La flaque de cambouis sur le bord du trottoir, coulée de nuit collante, grasse. Le couvercle un peu de travers, étrange bec ouvert, à la fois rapace et vorace…

J'avais des intuitions confuses, difficiles à communiquer. Je disais ça avec mes mots, sans bien pouvoir le définir. Je m'empêtrais, j'en rajoutais. Il riait avec moi.

– J'avais raison, tu vois bien : cette poubelle est remarquable ! Bon, et toi, dis-moi, tu dessines un peu, non, de temps en temps ? Tu te sers de l'argile, bien sûr ?

J'hésitais. Je n'avais pas envie d'en parler. J'avais envie quand même. J'aurais voulu qu'il me questionne, qu'il me fasse avouer. Pouvoir répondre en confession, par brèves confidences. Me laisser dénouer le cœur, pour le réordonner en écheveau, le rouler en pelote sage. Seulement jusqu'où m'épancher ? Jusqu'où *dire* ?

Évoquer mes dessins… mais aussi l'incompréhension, entre ma mère et moi.

Les sculptures d'argile… et le visage de mon père, aussitôt écrasé, rejeté au néant.

Le collège, où je ne trouvais pas ma place. Qui me semblait un pays neutre et surpeuplé, sans ami et sans ennemi.

Parler du monde personnel, intime, du jardin. Raconter sa douceur apaisante. L'odeur timide des cyprès, celle plus puissante des buis. Les repas sautés sans remords. Les heures rassasiées de silence, de calme. Et cet autre silence, quand je rentrais chez moi. Ce douloureux, ce déchirant contraste.

Il faudrait dévoiler ce bonheur exigeant, cet état de grâce, à créer.

Dessiner sur les murs, déchirer mes bandes de papier pour les coller en mosaïque, pétrir la terre à pleines mains, la façonner, ce n'était pas un passe-temps, une récréation. Je ne m'*amusais* pas du tout. J'obéissais à un désir plus grave, marchais à fil tendu entre mes émotions. C'était un jeu d'équilibriste, entre le dehors, le dedans.

Ce qui venait de l'extérieur, des autres, de la vie ; ce qui naissait en moi sans que j'en sois coupable. Responsable. Comment pouvais-je lui décrire ces pulsions jaillies du volcan intérieur ? Lave coagulée, figée en statuettes, en croquis.

Lui, c'était un artiste, je le voyais. Mais moi ? Pouvait-on se croire une *artiste*, à mon âge ? À vouloir expliquer, je serais ridicule. Il me trouverait prétentieuse, stupide.

De l'*art,* ça ?... Ces masques maladroits ? Ces brouillons infidèles ? Je me racontais des histoires. Artiste, ce n'était pas *ça*. C'était faire des choses identiques au réel, sans défaut. Oui ou non ?

J'ai posé la question au fleuriste. Il a souri. *Identique au réel ?*

Oui, mais alors, Matisse ? Goya ? Modigliani ? Jérôme Bosch ? Giacometti ? Il me sortait ses livres d'art. Je me penchais sur les exemples. Je grimaçais. Picasso ? Beurk ! C'était franchement moche. Miró et Kandinsky, c'était n'importe quoi ! Un gamin de quatre ans ferait ça.

M. Vernier me laissait dire. Me demandait de bien faire attention, de tout voir. D'oublier le nez distordu, la bouche grimaçante. Ou les formes ventrues, aux pattes courtes. Microbes inconnus sous l'œil du microscope. Taches éclaboussées soi-disant au hasard. Amibes colorées. Rectangles de couleurs, tout bêtes. Cercles faciles. Carrés plats. Il fallait regarder *derrière* les tableaux, les gens, les situations, les choses. Ouvrir les yeux plus fort, plus grands. Voir d'une autre façon.

Il répétait :

– Tu te souviens de la poubelle ?

Alors je comprenais. Il ne suffisait pas de regarder pour voir. Cela me renvoyait à des choses profondes. Dérangeantes. Depuis longtemps, j'avais vécu à l'aveuglette. Mon père était parti, et je n'avais rien *vu*. Rien perçu des tensions, aux moments des repas. Rien compris aux silences, aux vexations, aux manques. Ma mère était un vomitif. Mais est-ce que je la *voyais* vraiment ? Nous avions eu d'autres rapports, avant. De la tendresse. Il y avait eu les rires, et la complicité. Les enthousiasmes. Alors, sans doute, non : je ne la voyais plus. Je la regardais simplement. J'arrêtais mon regard aux simples apparences. C'était peut-être plus facile.

Ceux de ma classe me paraissaient

stupides. Et moi ? Qu'est-ce que je leur donnais à *voir* de moi-même ? Combien d'entre eux devaient me trouver sauvage, prétentieuse ?

J'avais ri de M. Vernier, de son allure de pingouin. Aujourd'hui, c'était le seul qui paraissait s'intéresser à moi. Me parlait comme à une adulte. M'apprenait des choses, inutiles sans doute. Essentielles, pourtant.

Le jardin ? Il avait changé plusieurs fois de visage, à mes yeux. Terre vierge. Puis vieux terrain à l'abandon. Aujourd'hui, c'était la maison de mon âme. Mon gîte, mon terrier. Alors oui, il me faudrait apprendre à voir, et vite. À chercher dans ma vie des beautés de poubelle.

Sans le chagrin et sans le doute, je n'aurais pas rêvé aussi fort d'évasion. Bien qu'il soit défendu, le jardin ne m'aurait pas attirée. Il ne m'aurait pas retenue, en tout cas.

Je n'aurais pas transformé la tonnelle en ce temple païen, naïvement orné.

Avec mon père auprès de moi, une mère attentive, ma vie aurait été plus heureuse, peut-être. Plus frémissante, sûrement pas.

S'il avait raison, le fleuriste ?

Je remontais chez moi, exaltée de questions, imbue de mon savoir tout neuf. Je me sentais des pouvoirs d'alchimiste. J'étais capable, désormais, de débusquer *du beau* un peu partout. Je m'emballais pour rien, et pour n'importe quoi. Mais dans le même temps, j'aiguisais mon regard.

Je pouvais décliner le monde en camaïeu : j'en savais la définition.

Nous étions au début du printemps. Les cyprès du jardin s'ébouriffaient de pousses tendres. Mes argiles séchaient plus vite. Elles avaient gagné en personnalité, en technique. J'en montrerais une ou deux à M. Vernier. C'était décidé.

Un soir, je suis rentrée chez moi avec une petite statuette. Un corps de femme agenouillé, plié. Presque rampant. J'en étais plutôt satisfaite.

Le fleuriste a tourné, retourné, mon travail dans ses mains. Moi, je dansais nerveusement d'un pied sur l'autre. J'attendais le verdict. Enfin, posant le nu sur son comptoir, entre les rouleaux de rubans et de Scotch, il a dit :

– C'est intéressant.

Quoi ? Le mot m'a percutée, pire qu'un coup de poing. *Intéressant… ?* Ça me paraissait plus violent qu'une insulte. Sans même me regarder, M. Vernier a senti mon humiliation. Comme à son habitude, il a souri.

– Et toi, bien sûr, quand je te dis « intéressant », tu entends « nul », pas vrai ?

Lèvres serrées j'essayais – mal – de contenir les larmes.

Mais il continuait, d'un ton égal, le temps que se dissipe un peu l'émotion.

– Tu aurais voulu que je te dise : « Ce que tu fais est génial. C'est unique. Jamais je n'ai vu ce talent… », et moi, gros balourd de fleuriste, je te dis simplement : « Oui, c'est intéressant… » Alors, en ce moment, tu me détestes, n'est-ce pas ?

Je n'allais pas lui dire le contraire, non !

J'étais déçue, vexée. Trahie. Par lui autant que par moi-même, car à l'instant où il venait d'assassiner mon travail d'un seul mot, j'en découvrais les défauts, les faiblesses. Ce corps de femme laissait une impression de lourdeur, et même de disgrâce. Et je n'avais rien remarqué ? Je m'étais contentée de *ça* ? C'était nul, oui. C'était de la merde.

Le fleuriste a soupiré.

– C'est la plus haute marche à franchir, celle-là : affronter le regard des autres. Parce que tu te sens humiliée, tu vas te mettre à déprécier ton travail. Ou alors, tu feras l'inverse. Tu t'enfermeras dans l'idée que toi seule as raison, que les autres sont des crétins, des imbéciles. Et dans les deux cas, tu auras tort. Dis-moi, sois franche, à quoi est-ce que tu penses, en ce moment ?

– À rien.

– Oh… alors tu es *vraiment* fâchée, c'est ça ?

J'aurais voulu ignorer sa remarque, tourner les talons, m'en aller. Je restais là, fermée, les yeux baissés, la rage au ventre.

M. Vernier s'est assis sur sa chaise, il a croisé ses courtes jambes. Il a repris :

– Le talent, ça ne veut rien dire. Ce qui compte, c'est l'émotion. Je ne sais pas si ce nu féminin est *beau*. Je ne peux pas te dire qu'il est vraiment *bien fait*... Par contre, en le voyant, je sens qu'il parle de douleur, de tristesse. Il me raconte une histoire de solitude. Cette femme n'est pas une simple poignée d'argile que tu aurais modelée au hasard. Je vois bien qu'elle souffre. Enfin, moi, en tout cas, je crois qu'elle souffre. J'ai l'impression qu'elle est écrasée par la vie, que son chagrin la plaque au sol, l'empêche de se relever. Quand je la regarde, elle ne me laisse pas indifférent. Elle *m'intéresse*... Ce qui veut dire qu'elle me touche et que je la trouve émouvante. Alors oui, elle est pleine de défauts, bien sûr. C'est évident. Mais si tu savais comme je m'en fiche !

J'avais relevé la tête, malgré moi. Je scrutais son visage, méfiante.

Il ne se moquait pas de moi. C'est de lui qu'il riait, en poursuivant :

– Tu m'as bien regardé ? Est-ce que tu crois que l'Artiste qui m'a fabriqué a tenu compte des proportions, en ce qui me concerne ? Tu n'as pas l'impression qu'il s'est un peu trompé ? Dans la longueur, surtout, non ?

Je n'ai pu m'empêcher de rire.

– Je ne suis pas en train de me comparer à une œuvre d'art, rassure-toi. Quoi que… Mmmhhh ? Mais bref, tu comprends ce que je veux dire : ne cherche surtout pas la perfection parce que la perfection n'a aucun intérêt. Elle est… comment dire ? Elle est neutre. C'est ça : neutre ! Pas de saveur, pas d'odeur, pas de charme. La perfection, ce n'est qu'une accumulation de critères moyens. Ni trop grand ni trop petit. Ni trop gros ni trop maigre. Ni trop blanc ni trop noir… C'est le contraire de la vie et de l'art. Parce que l'art, c'est dans l'inattendu, la gaucherie, l'erreur. C'est ce qui nous bouscule et qui nous enthousiasme. C'est ce qui nous saisit. La beauté, l'émotion, ça naît souvent de mariages hasardeux. Ou d'erreurs, ou de dérapages. Mais jamais de la *perfection*… Alors oui, ce corps de femme est mal proportionné, mal fichu. Si j'allais te chercher une règle, je te le prouverais de façon scientifique. Tu as fait comme Ingres, ma grande, tu as rajouté deux ou trois vertèbres à ton modèle !… Je te le répète : et alors ?

Je ne savais plus quoi lui dire. Il y avait toutes ces critiques, *mal fichu, vertèbre en trop*... Mais il y avait aussi, en filigrane, quelque chose de doux et de très positif.

M. Vernier s'est relevé. Il est allé chercher une petite rose en bouton, dans un seau. Elle était d'un beau rouge sombre, aux reflets presque noirs.

– La technique, tu arriveras à la maîtriser, si tu décides de l'étudier. Pour ça, je te fais confiance. Mais personne ne pourra t'enseigner ce que tu cherches à dire. Apprendre par cœur un dictionnaire ne fait pas devenir auteur. Connaître les couleurs ne fera pas de toi un peintre. La technique, je te l'ai déjà dit, ça ne sert qu'à gagner du temps. Ça peut t'aider à être plus juste dans ton expression. Ça peut t'obliger à être plus exigeante. Mais si tu es vide, à l'intérieur, cela ne te remplira pas. Et voilà... Fin de la leçon de Baptiste Vernier, dit *Le Sage* !

Le fleuriste m'a donné la rose, avec un clin d'œil.

– Elle te ressemble. Elle ne sait pas encore à quel point elle va devenir belle...

Elle ne se rend même pas compte qu'elle l'est déjà...

Les vacances de Pâques venaient de commencer, toujours trop tôt, toujours trop longues. Terriblement inoccupées.

Ma mère m'avait suggéré – mais il serait hors de question de refuser, c'était clair – d'aller chez mes cousines. Ma tante était d'accord. Sous-entendu : elles avaient déjà tout arrangé dans mon dos. D'y penser seulement, et j'avais la nausée. J'avais tenté d'argumenter quand même. Inutile : d'après ma mère, on ne pouvait pas rester seule, à mon âge. Quelle définition donnait-elle à ces mots : *rester seule ?*

Le matin, elle partait avant moi. Le soir, je rentrais avant elle. Et nos temps obligés de cohabitation, nous les passions souvent dans des aires distinctes, nous protégeant l'une de l'autre d'une porte ou d'une cloison. Elle allait dans le séjour ? Moi, j'investissais le bureau. Elle était dans la cuisine ? J'émigrais dans la salle de bains. Le plus souvent, chacune restait dans sa chambre. À mon âge, on ne pouvait pas rester *seule*, ça non. Isolée, par contre…

J'étais partie la mort dans l'âme. Mes cousines m'avaient accueillie fraîchement, aussi ravies que moi des désirs de nos mères, mais également fatalistes. Un seul échange de regards boudeurs avait suffi : nous avions ratifié un pacte de non-agression réciproque. Pourtant, comme *l'invité est l'esclave de son hôte*, je prévoyais qu'il me faudrait souffrir un peu plus qu'elles, ravaler plus profond mon exaspération.

Je partageais la chambre de Christiane, dans laquelle on avait déplié un petit lit d'appoint. Christiane *sortait* depuis peu avec un certain Jérôme, de deux ans plus vieux qu'elle. Elle avait résisté environ dix minutes avant de me le dire, puis avait insisté pour me montrer sa photo, avec un petit air modeste et triomphant.

Le cliché était flou. C'était sans doute mieux : le garçon avait tout du héron maladif. Il était grand, maigre et pâle, voûté. J'avais rendu la photo avec un très large sourire. Mais j'étais quand même agacée. Elle, elle *sortait*. Moi non. Je restais engluée dans cette interminable enfance où depuis si longtemps j'étouffais à l'étroit. J'aurais donné n'importe quoi, à cet instant, pour avoir un copain, moi aussi. Même un Jérôme. Christiane avait passé la semaine à me parler de lui, à mi-voix, avec des mines de conspiratrice. Elle ne pouvait pas prononcer une phrase sans y mettre du *Jérôme* (a fait… a dit… pense que…).

Pendant ce temps, sa sœur Josiane, qui avait eu des chaussons de danse pour son anniversaire, nous épuisait de pointes et d'entrechats. Elle sautillait dans tout le salon avec des grâces de girafe, pattes maigres et gros genoux. Elle prenait la rampe d'escalier pour une barre fixe, et les dossiers de chaises, également. Et lorsqu'elle s'arrêtait enfin de bouger, elle se tenait dos raide et postérieur cambré, les pieds bizarrement tordus, collés l'un contre l'autre « tête-bêche », au risque de se fêler une cheville.

Mon oncle Jean était rarement là. Quand il y était, c'était un oxygène, tout devenait plus vivant et plus gai. Comme ma tante était toujours très occupée, elle nous laissait relativement libres. Leur maison était agréable. Je n'y étais pas chez moi, mais j'aurais pu y vivre. Sans mes cousines, évidemment.

Mes cousines s'entendaient mal, elles se chamaillaient pour un oui, pour un non, à voix criardes. Elles avaient trop d'écart, d'âge, de caractère. Christiane était sérieuse, sermonneuse, elle manquait de fantaisie. Sa sœur papillonnait, attirée par tout ce qui brille : danse, mode, bijoux… Elles se disputaient ma présence. Elles me courtisaient à coups de confidences et cherchaient à m'avoir en exclusivité, non par amour pour moi, mais par provocation envers l'autre. Que je parle avec l'une, aussitôt la seconde arrivait, me réclamait sous le plus futile prétexte.

Je bénissais le ciel de ne pas avoir eu de sœur. Au fait, qui pourrait affirmer qu'il n'y avait pas de sœur, justement, quelque part ? Et si oui, quel âge avait-elle ?

J'y repensais sans trop m'appesantir, je sentais bien que la pente était raide.

Mon père n'était qu'un fantôme pâli. Plus aucune photo de lui ne pouvait raviver ma mémoire. Il se fondait dans une brume de plus en plus vaporeuse, imprécise. J'éprouvais pour lui une tendresse vague. Je l'aimais d'un amour ancien, fossilisé, effacé par endroits.

Le seul point positif de ces « vacances », c'était de ne plus voir ma mère quelques jours. La vie avec elle était devenue quasi insupportable, sous ce vernis trompeur d'entente que nous réservions aux autres, par fierté.

Elle ne criait plus. Moi non plus. Ses gifles avaient cessé depuis longtemps. D'ailleurs, elles n'avaient pas été fréquentes. Pas de reproches nets, de critiques audibles. Rien d'autre qu'un silence implicite. Ou bien de fines allusions tombant, légères comme des feuilles mortes, sur cet étang gelé qui stagnait entre nous.

Ma mère était sur une rive, moi, sur l'autre. Nous vivions d'une vie attentive, chiens de faïence prêts à mordre, guettant la moindre erreur de l'autre, sa plus petite faute. J'avais fini par admettre que, de la même façon que je ne l'aimais pas, elle ne m'aimait pas davantage en retour. Je l'aurais supporté sans trop de mal, si elle n'avait pas été le maître. Mais elle détenait le pouvoir. Que je m'élance, aussitôt elle tirait sur ma chaîne. Quand elle m'ordonnait, je devais obéir, parce que j'étais trop jeune encore pour claquer la porte et partir. Un jour viendrait. Il était loin.

Pour mes cousines, c'était la même règle : les parents pouvaient interdire ou permettre. Et comme ils étaient deux, lorsqu'ils leur disaient non, le refus semblait sonner double. Elles prétendaient que j'avais de la chance, je n'avais que ma mère à supporter ! Je ne protestais pas. Mais je ne pouvais m'empêcher de songer que si mon père avait été là, certains soirs, ma mère aurait été différente. Moins dure.

L'adolescence était une galère, un emprisonnement sans avocat, sans plaidoyer possible. Sur ce point, en tout cas, mes cousines et moi étions d'accord.

Le jardin me manquait. C'était absurde, mais réel : j'y pensais tous les jours.

À la fin des vacances, lorsque je reviendrais, je recommencerais mes fusains sur la brique. Je n'abandonnerais plus un plaisir pour un autre. Il y aurait à la fois la terre et le charbon. Le modelage, les esquisses, les rubans de papier.

Les bannières au vent, mais il faudrait qu'elles soient moins fragiles.

Comme ma tante adorait la couture, je lui avais demandé des chutes de tissu.

– Tu aimes coudre, toi aussi ?

Elle semblait tellement ravie que j'avais préféré mentir. C'était sans importance.

– Heu… oui, enfin… Je voudrais essayer… J'ai une copine qui fait du patchwork. Elle m'a dit qu'elle me montrerait, à la rentrée. Seulement, il me faudrait plein de bouts de tissus différents, pour commencer…

– Eh oui, pour du patchwork, bien sûr !… Tiens, prends tout ce que tu veux dans ce sac, là. De toute façon ça partira à la poubelle, alors, tu vois… Du patchwork, hein ?… C'est très bien, ça… Très bien…

Elle avait soupiré, en disant que ses filles et la couture, pfff… Elle avait bien essayé de les y intéresser, pourtant, mais rien à faire…

– Christiane n'est pas trop habile de ses mains, à dire vrai. Elle n'a pas de goût pour ce genre de choses. Et pour Josiane, il n'y a plus que la danse qui compte. On dirait ta mère au même âge !

Ma mère ?... *Ma* mère avait aimé la danse ?

– Tu ne le savais pas ? Elle ne t'en a jamais parlé ?

Non, elle ne m'avait parlé ni de cela ni d'autre chose. Je ne savais rien d'elle. Rien. Je le réalisais pour la première fois.

– La danse, c'était sa passion. Elle ne rêvait que d'une chose : entrer à l'Opéra. Elle nous cassait les pieds, avec son Opéra !... Tiens, j'y pense, tu voudrais peut-être voir des photos ?

Oui. Non. Peut-être.

Pourquoi pas ?

Ma tante revenait déjà avec une pile d'albums.

Je feuilletais, en écoutant ses commentaires d'un air faussement détaché, fascinée malgré moi. Sur les photos, ma mère de douze ans était déjà grande, un peu maigre. Elle n'avait pas encore ses épaules tombantes et son dos résigné d'aujourd'hui.

Je triais les clichés, lentement, en proie à des sentiments mitigés. Là, je la voyais en tutu, haut perchée sur ses pointes, les bras arrondis, le dos droit. Je souriais d'un air narquois. Mais quelque chose émanait d'elle, il fallait bien le reconnaître. Une gravité, dans le regard. Cette expression déterminée, ce feu brûlant, que je croisais le matin dans cet autre regard que je connaissais bien, devant ma glace. Une sombre fierté, une ambition inquiète, un peu hautaine. Je ne l'aurais pas beaucoup appréciée, à cet âge non plus.

– Pourquoi est-ce qu'elle a arrêté ?

– La danse, tu veux dire ?... Oh, ça, je ne sais plus très bien ! Des problèmes de dos, il me semble. Je me souviens qu'elle a porté un corset pendant quelques mois. Et après, c'était trop tard pour la danse, je crois... Tu sais, elle a cinq ans de plus que moi, ta mère. J'étais encore petite, à l'époque... Mais ça a été dur, pour elle. Une vraie déception... Bon, allez, on range ce bazar, le repas ne va pas se faire tout seul !

Prends ton sac de tissus et mets-le dans la chambre, en attendant.

J'ai quitté la pièce, songeuse. Je n'allais pas l'aimer davantage, cette mère, pour une simple histoire de danse et d'Opéra. Elle me semblait plus proche, cependant. Dangereusement proche, même. Et si je devenais comme elle, en vieillissant ?

Sur le couvre-lit en chenillette rose, j'ai minutieusement étalé ma fortune. Des monceaux de satin, de dentelles, des orgies de velours frappé. Je déclinais en palettes soyeuses, rêches ou côtelées, les dégradés de rouges ou de verts. Je les ordonnais du plus sombre au plus clair. Je les triais comme à la maternelle : les unis d'un côté, les imprimés de l'autre. Rayures, pois, carreaux, semis de fleurs.

Dans quelques jours, enfin, je porterais ma récolte au jardin.

Le jour de la rentrée, de cette rentrée-là, je m'en souviens.

À peine franchi le portail du collège, j'ai remarqué les portes, les fenêtres et les montants de la grande verrière fraîchement repeints de gris clair. Les murs sablés, décrassés, recrépis. Cet air faussement neuf. On avait rafraîchi les façades pendant les vacances de Pâques. J'ai attendu midi, le cœur serré sans trop savoir pourquoi.

Sans trop vouloir me demander pourquoi.

À l'angle des toilettes et de la cantine, dans la cour de derrière, la porte du jardin avait été repeinte, elle aussi. Repeinte, et refermée. Et la serrure avait été changée.

Quelqu'un m'avait chassée de mon royaume. Je revenais *chez moi* : je trouvais porte close. Je n'exagère pas en disant qu'à cet instant je me suis crue bannie, dépossédée de tout. J'ai fini la journée complètement malade. La nuit a été mauvaise.

Pires, les journées qui ont suivi.

J'étais pillée de l'intérieur. Cambriolée, mais sans pouvoir me plaindre.

Le jardin portait bien son nom : il était défendu. Je n'aurais jamais dû l'oublier. Défendu d'y entrer, d'y réfugier sa solitude. De le décorer de quelque façon que ce soit. Défendu de l'aimer. Rien ne m'y appartenait. Tout me liait à lui.

Les premiers temps, je suis retournée à la porte. En vain. Par le trou de la nouvelle serrure, j'entrevoyais l'allée, les petits bancs. Depuis le couloir du second, le nez écrasé sur la vitre, je surplombais le toit de la tonnelle, et les arbres enchevêtrés.

La nuit je rêvais de portes brisées, de cadenas forcés.

Mes compagnons d'argile attendaient mon retour. Les étendards tournoyaient au vent, inutiles. À chaque pluie, les visages au fusain s'effaçaient un peu plus.

Je suis restée plusieurs semaines sans rien faire. Puis j'ai recommencé à dessiner, chez moi. J'ai repris l'argile. Le soir, je modelais de plus en plus souvent dans l'arrière-boutique. C'était tranquille. M. Vernier m'avait confié un double de sa clé et m'avait proposé de me laisser le champ libre, après la fermeture. Il m'avait même réservé un établi. Pas une fois il n'est venu me déranger.

J'ai continué mes collages de tissus, de papiers, de cartons.

Un jour, ma mère est entrée dans ma chambre, sans frapper, comme je finissais un portrait au lavis, en suivant les conseils donnés par le fleuriste. Elle s'est approchée de moi, elle a regardé mon travail, par-dessus mon dos, sans rien dire. J'ai froncé les épaules. Je sentais la colère monter, mais je n'ai pas caché la feuille de mes mains. Elle dirait bien ce qu'elle voudrait. Je m'en foutais, de ses critiques.

Deux ou trois jours après, sur mon bureau, il y avait une boîte. Une jolie boîte en bois clair, pleine de matériel d'artiste. Fusains, crayons, aquarelles, pinceaux.

Je n'ai pas dit merci, c'est un mot difficile. Mais j'ai laissé ma chambre ouverte, j'ai accroché quelques dessins au mur. Nos rapports sont devenus plus légers, après ça.

M. Vernier est venu voir ma toute première exposition. J'avais vingt-six ans à l'époque. Je ne l'avais pas vu depuis dix ans. Il n'avait presque pas changé. Blanchi, peut-être ? Il m'a offert une rose rouge sombre, et bien ouverte, en arrivant. Je le revois, s'arrêtant longuement devant chaque tableau, chaque sculpture. Je tremblais de savoir son avis. Il m'a simplement dit :

– Tu as eu raison de t'obstiner : tu es loin de *la perfection !*...

J'ai souri.

Mon père vit toujours : un ami a trouvé son adresse. Son départ restera une énigme. Mais je ne cherche plus à savoir ses raisons. Je ne sais même pas si j'ai envie de le revoir. Je l'ai trop attendu, espéré. Je préfère le croire enlevé par les Russes.

Ma mère est restée seule. Elle vieillit doucement, à l'abri du bonheur. Je lui rends visite, parfois. Nous avons peu de choses à nous dire. Alors, nous nous appliquons à les dire en détail, en plusieurs fois.

Je n'ai jamais cessé de sculpter et de peindre. J'expose ici ou là. Depuis quelques années j'arrive à en vivre, à peu près...

Il y a deux ou trois mois, comme je participais à une exposition dans cette ville, j'ai parlé du jardin, au cours d'un repas. Le maire m'a dit :

– On peut y aller, demain, si vous

voulez ! Il suffit de demander les clés à l'administration. Rien de plus facile !...

J'ai repensé à mon sentiment d'impuissance, à l'époque. Les larmes contenues, derrière les carreaux. Les regards arrêtés par une porte close. Tout ce qu'il y aurait eu d'humiliant, et surtout d'inutile, à supplier, en ce temps-là.

Lorsque c'était *vraiment* important que l'on m'ouvre...

Aujourd'hui, sur le muret de la gloriette, quelques débris d'argile se changent en poussière. Les étendards ne sont plus que de vagues dentelles. Une ombre de fusain s'efface, sur le mur.

J'ai hésité. J'ai dit :

– Une autre fois, peut-être...

Je n'ai pas regretté mon refus. Il ne faut pas réveiller le passé à tout prix, confronter la mémoire à la réalité. Il faut laisser dormir l'enfance.

Collection Romans

Niveau de lecture : CM-6^{e}

Je ne suis pas une fille à papa
texte de Christophe Honoré
illustrations d'Antoine Guilloppé

Lucie a deux mamans. Deux mamans qui s'aiment... Elles ont décidé de révéler à Lucie qui est sa vraie mère. Mais Lucie ne veut pas le savoir.

Mon maître ne ressemble à rien
texte de Sylvie Chausse
illustrations d'Antonin Louchard

Le journal désopilant du quotidien d'une classe de CM2, raconté par les acteurs eux-mêmes... Première de la classe, gros dur ou triplant, ils racontent, à leur manière, la cantine, la visite de l'inspecteur...

Y en a qui disent du mal du maître
texte de Sylvie Chausse
illustrations d'Antonin Louchard

Suite des aventures de la classe de CM2 : la collecte des flacons d'urine, la sortie en car, la séance de cinéma, l'arrivée en classe d'une nouvelle... Le maître est parfois dépassé par les événements.

Le maître se met au vert
texte de Sylvie Chausse
illustrations d'Antonin Louchard

Où l'on retrouve notre classe de CM2, en partance pour une classe verte. Tous nous racontent leur séjour avec un sérieux hilarant : le départ en car et son cortège d'anecdotes, de sacs de vomi, de pique-niques ratés ! Les balades en forêt, le bal costumé et les batailles de polochons !

Papa est à la maison
de Mikaël Ollivier

L'univers d'Élodie s'écroule le jour où elle apprend que son père est au chômage. Elle est alors partagée entre l'angoisse et le bonheur de se rapprocher de son père. Cette période de chômage changera définitivement la vie de famille et les rôles de chacun...

Tu sais quoi ?
de Mikaël Ollivier

Sa vie, Daphné a tendance à l'inventer en fonction de son auditoire. Surtout quand sa famille déménage dans une résidence chic de la banlieue parisienne. À chacun de ses voisins, elle raconte des mensonges différents... Le tout est de ne pas s'y perdre !

Quelques heures de folie dans la vie de Barnabé Rosenthal
de Hubert Ben Kemoun

Qui ne s'est jamais senti abandonné ? Trahi ? Perdu ? Qui n'a jamais joué à se faire peur ? Mais voilà que pour Barnabé, fils du grand artiste international Till Rosenthal, « le jeu » va transformer sa journée en une effroyable et terrible expérience. Celle qui mène de l'autre côté, celui de la folie.

Les autres, ils disent

de François Schoeser

Depuis que Dom n'est plus là, les autres ils disent que l'immeuble est plus tranquille, qu'on est bien débarrassés, que là où il est, il n'est pas près d'en sortir. Oui, mais lui qui nous raconte l'histoire, il sait que Dom, son frère, est aussi gentil, attentif, généreux, qu'il lui manque, qu'il l'aime...

Niveau de lecture : collège

Si même les arbres meurent

de Jeanne Benameur

Dans un couloir d'hôpital, un frère et une sœur attendent... Leur père est dans le coma, entre la vie et la mort. Leur mère est tout entière à sa douleur. L'issue de cette attente insupportable leur apprendra que seul l'amour ne meurt jamais.

L'Inde de Naïta

de Patrice Favaro

Naïta se rend en Inde, retrouver son père qui organise des treks et aide des Tibétains en exil. L'amitié d'un jeune réfugié et la rencontre avec un moine tibétain lui permettront de porter un autre regard sur la vie.

La Vie, en gros

de Mikaël Ollivier

Obésité de catégorie 2... Des mots bien sérieux pour décrire ce qui, chez Benjamin, semblait simplement le signe d'une certaine joie de vivre... Sport, boums, régime... rien n'est simple quand on est gros et que l'on redoute le regard des autres. Et si en plus l'amour s'en mêle !

Fugue en mineure

de Rachel Hausfater-Douïeb

Jeanne a seize ans et demi, porte des jeans et de longues jupes fleuries. Elle veut qu'on l'appelle Jane. En ce début des années soixante-dix, la musique et les livres lui parlent d'une Amérique hippie, où soufflerait un vent de révolte et de liberté. Alors Jane s'enfuit en Californie, affronter son rêve...

Comme un gitan

de Erik Poulet

À dix-huit ans, Matéo sait qu'être le fils d'une *gadjo*, c'est porter les valises du diable. D'un camp gitan à l'autre... Matéo n'a aucun des traits de son père. Un déshonneur qui provoque son exclusion de la communauté.

Au clair de la Louna
de Kochka

Michka et sa cousine Louna ont le même âge mais ne se sont jamais vues. Louna est autiste. Michka rêve de rencontrer sa cousine sans toutefois imaginer combien la rencontre peut être éprouvante. Il faudra deux années à Michka pour accepter de refaire un bout de route avec Louna, tantôt si proche et tantôt si lointaine...

Avec ou sans celte ?
de Yann Mens

Erwan vit dans un village breton sans histoire. Grâce à un manuscrit, les habitants apprennent que leurs ancêtres étaient de redoutables guerriers celtes. Il n'en faut pas plus pour ranimer la fibre celtique d'une partie de la population. Mais le délire patriotique pourrait mal tourner...

Opération chenille
de Stéphane Daniel

Londres, 1947. Au conflit mondial qui s'achève succède une autre guerre, secrète, que se livrent les récents ennemis et les alliés d'hier. Décidée à faire face à ces nouveaux dangers, Jade rêve d'intégrer les services secrets britanniques. Elle a été formée pour cela par son oncle Baltimore...

Opération cobra
de Stéphane Daniel

Des agents secrets nazis, restés en Grande-Bretagne après la Seconde Guerre mondiale, tentent de semer la terreur dans Londres. Ils se heurtent à la Fog Company du colonel Baltimore Meeks : une cellule de contre-espionnage dont Jade, sa nièce, est le fer de lance. Cette fois-ci le temps est compté : il s'agit de neutraliser une bombe qui doit détruire le carrosse de la reine d'Angleterre en route vers son couronnement.

Opération corbeau
de Stéphane Daniel

Trois ingénieurs du département recherches de l'usine d'engrais chimiques Stanford disparaissent mystérieusement en l'espace de quelques mois. Ont-ils été éliminés parce qu'ils en savaient trop... ou qu'ils refusaient de coopérer ? La Fog Company, cellule de contre-espionnage du colonel Baltimore Meeks, est décidée à mener l'enquête.

C'est la règle
de Gisèle Pineau

Stéphane a du mal à admettre le divorce de ses parents. Malgré la promesse que rien ne changera, il sait bien que tout va changer. On l'a prévenu : les femmes divorcées se remarient un jour ou l'autre ! Et quand sa mère lui présente Denis (ou plutôt Denis et sa fille Gina), ce qui bouleverse le plus Stéphane, c'est qu'il est antillais, donc noir...

La Boutique Jaune
de Jeanne Benameur

Marion, quatorze ans, fille unique, vient d'emménager. Dans la rue,

La Boutique Jaune, une très vieille boutique fermée depuis longtemps, l'attire, la fascine. Adalbert Lecœur, le vieux voisin anarchiste et brocanteur, lui confie l'histoire bouleversante des anciennes propriétaires...

Folle

de Bernard Friot

Depuis des semaines, la mère de Franck pleure tout le temps, ne prononce plus un mot. Quand elle part pour l'hôpital psychiatrique, Franck la raie de son existence, refusant d'aller la voir, de lui téléphoner. Pourtant il faudra bien qu'il l'admette : sa mère lui manque terriblement, et la maladie se soigne.

Kidnapping

de Jean-Marie Firdion

Cloîtré à la maison pour un banal mal de ventre, Benjamin est seul. Des cambrioleurs débarquent, persuadés d'être tranquilles. Tout s'emballe : kidnapping improvisé, demande de rançon... Benjamin bascule dans un véritable cauchemar. Lorsqu'il est libéré, tout pourrait redevenir normal. Mais non, Benjamin n'arrive plus à dormir, ne veut pas retourner au collège... Que faire de cette souffrance que personne n'entend ?

Le Transfo

de Sylvie Deshors

Installé sur le toit du transformateur, Bô dessine, loin de l'agitation de la ville. Car Bô est sourd. Un jour, il trouve son refuge squatté par Angela, cible désignée d'une bande de garçons qui s'acharne contre elle au collège.

Une île trop loin

de Annika Thor

Victimes des persécutions nazies contre les Juifs à Vienne, les parents de Steffie et de Nelli ont décidé de les envoyer en Suède, à l'abri. Les deux sœurs se retrouvent perdues sur une île au climat rude. Le temps passe, les nouvelles de Vienne se font rares. Et si les deux sœurs ne revoyaient plus jamais leurs parents ? Steffie ne peut l'imaginer...

Fils de Django

de Yann Mens

Alexandre rêve de jouer de la guitare jazz. Pour se payer des cours, il anime avec une bande de papis un orchestre de bal chaque samedi soir. Entre les reprises de Django Reinhardt et celles des standards de rock des années soixante-dix, Alexandre va se révéler plutôt doué...

Léo des villes, Léo des champs

de Jean-Philippe Arrou-Vignod

Léo ne fiche plus rien à l'école. Ses parents envisagent de le mettre en pension, à la campagne. Sa grand-mère le prendrait en charge et, pour le mois d'août, Léo y part, « à l'essai », avec la ferme intention de lui en faire baver un maximum !

Petit homme reggae
de Christian Moire

Kingston, Jamaïque, 1975. Ritchie rêve de disques, de concerts, et de célébrité... Son grand-père le fait embaucher comme cuisinier chez Bob Marley. Ritchie va partager la vie du musicien au sommet de sa gloire, avant de voler de ses propres ailes.

Quitte ta mère
de Jeanne Benameur

Quand on est tout pour sa mère, est-ce que ce n'est pas trop? Bastien en a assez, il se sent prêt à décider de sa vie. Son départ en vacances, comme chaque année, à La Rochelle chez son grand-père sera l'occasion de faire le point.

Des têtards dans un bocal
de Laila Stien

C'est les grandes vacances et Helene s'ennuie à mourir. L'arrivée de nouveaux voisins apporte un remue-ménage bienvenu. Surtout que Jim, aux cheveux d'un blond si jaune qu'il ressemble à un bouton d'or, lui plaît beaucoup. Prête à tout pour l'approcher, Helene déclenche catastrophe sur catastrophe!

Vol, envol
de Monika Feth

Dans la famille de Dole, on est pickpocket depuis des générations. Freddy, son frère aîné et complice de toujours, annonce qu'il ne veut plus de cette vie hors-la-loi et tente de persuader sa petite sœur de faire le même choix que lui, mais Dole n'est pas prête.

La Fille aux cheveux courts
de Kochka

Beyrouth, 1976. C'est la guerre. M. Jacques confie la garde de son appartement à Nabil, le temps d'installer sa famille en sécurité à Paris. En réparant un meuble, Nabil découvre le journal intime de Marie, la plus jeune des filles. Il découvre ce qu'elle n'a jamais dit à personne : ses douleurs et ses révoltes secrètes.

La Contrescarpe
de Catherine Sanejouand

Un matin, au petit déjeuner, Coline décide de se taire, de ne plus ouvrir la bouche. C'est le seul moyen qu'elle a trouvé pour briser le silence de ses parents. Car, avant sa naissance, il y a eu une autre fille, Violaine, belle, intelligente, vive, bonne élève...

Cinq
de Marie-Sophie Vermot

Fleur et Will sont jumeaux, complices de toujours malgré leurs différences. Mais Will est victime d'un grave accident ferroviaire. Sévèrement brûlé, il plonge dans le coma. À son réveil ne prononce plus un mot. Les parents pensent que seule Fleur peut ramener son frère vers la vie.

E-den

de Mikaël Ollivier

Dans un monde futur, mais pas si éloigné du nôtre, une drogue d'un genre nouveau plonge ses victimes dans un coma profond : un monde virtuel au réalisme mortel. Goran va mener sa propre enquête et plonger à son tour dans le monde merveilleux d'E-den, avant que le paradis ne se transforme en enfer...

Une heure, une vie

de Jeanne Benameur

Les parents d'Aurélie se séparent et Aurélie ne trouve plus de place pour dire sa peine. Traversée de questions sur l'amour, elle n'a d'issue que dans le mensonge. Le temps du trajet en train qui la ramène chez sa mère, elle s'invente une vie chaque fois différente, toujours tragique.

Le Quatrième Soupirail

de Marie-Sabine Roger

Dans un pays d'Amérique du Sud écrasé par une dictature, le père de Pablo est enlevé par des soldats. Son seul crime : éditer de la poésie révolutionnaire. Pablo va tenter de s'introduire dans la prison où son père est détenu pour lui murmurer, jour après jour, les vers de la survie.

L'*Étoile de l'Himalaya*

de Patrice Favaro

À Delhi, les gamins des rues mènent une vie de misère, subissent la violence dans des conditions terribles. Pour survivre Mohan devra-t-il lui aussi mendier, voler, toujours se cacher afin d'échapper aux policiers et aux bandes rivales ? Il a la rage de vivre autrement.

Niveau de lecture : 3e et plus

Des barreaux plein les yeux

de Marc Cantin

Marie est en prison. Le juge des enfants veut comprendre comment la vie de cette adolescente sans histoire a basculé. Il l'apprivoisera. Elle lui racontera Jérôme, ce garçon plus âgé, leur cavale et sa trahison. Elle lui dira comment on peut vouloir tuer par amour, à treize ans.

L'Amour en chaussettes

de Gudule

Delphine est amoureuse de son prof d'arts plastiques qui leur a fait un cours décoiffant sur le préservatif. Quand elle comprendra que rien n'est possible avec lui, elle trouvera refuge dans les bras d'Arthur avec qui elle vivra sa première expérience sexuelle...

La Danse interdite
de Rachel Hausfater-Douïeb

Perla et Wladek s'aiment. Tous les deux sont polonais mais elle est juive, pas lui. On les sépare. Perla est envoyée aux États-Unis rejoindre son père. Plus tard, elle retourne en Pologne au moment où les Allemands envahissent le pays...

Un jour avec Lola
de Jean-Paul Nozière

Lola joue à remplacer sa mère partie depuis deux ans. Elle emprunte sa garde-robe et mime ses attitudes auprès de son père qu'elle vénère par-dessus tout. Ses allures de femme-enfant préoccupent les services sociaux.

Le Goût de la mangue
de Catherine Missonnier

Madagascar, 1956. Anna se sent mal intégrée dans le cercle privilégié de la jeunesse blanche de l'île, en cette fin de domination coloniale. Avec la rencontre de Léon, les tensions indépendantistes vont faire irruption dans le quotidien de l'adolescente.

Acte II
de Michel Le Bourhis

L'année de la seconde scelle pour Vincent l'adieu à l'enfance : premiers émois, premiers embrasements aussi pour les mots lus ou écrits. Ceux-là mêmes qui poussent son professeur de lettres à quitter l'enseignement pour se lancer dans le théâtre professionnel.

Série noire sur le *Chérie Noire*
de Jean-Paul Nozière

Sur son pauvre rafiot, Philémon Frigo cherche un sujet pour son prochain livre. Pressé par son éditeur, il promet d'écrire en trois semaines la biographie romancée de Jean Philibert Loca, légende vivante de la littérature. Et vogue la galère, sur laquelle l'accompagne Souad, la belle secrétaire touareg...

Vers des jours meilleurs
de Marc Cantin

Zack a seize ans et fume de l'herbe, régulièrement. Il aimerait faire partager à Maïa ces moments où il plane. Il espère que ça les aidera à franchir le pas... à faire l'amour pour la première fois. Un jour on lui propose de passer à autre chose. Des ecstasys d'abord et un peu de cocaïne, en cadeau...

L'Ogre blanc
de Jean-François Chabas

Noraughengi est un géant. Un sommet, quelque part en Asie, que tous les grands alpinistes rêvent de gravir. Nombreux sont ceux qui y ont laissé la vie... Un jour, Aram décide de tenter la conquête du monstre. Son frère Pietr refuse de le laisser partir seul.

Pouvoir se taire, et encore
de Marie-Sophie Vermot

À quel moment peut-on dire que Dina a basculé vers l'anorexie ? Quel a été le déclic ? Est-ce l'opération chirurgicale qui a transformé son visage qu'elle ne reconnaît plus ? Sa première grande déception sentimentale, juste après avoir fait l'amour pour la première fois ? L'attitude de sa mère ? Un peu tout cela ?

Star-Crossed Lovers
de Mikaël Ollivier

Une usine qui ferme, une grève qui éclate, une ville qui s'embrase, et deux adolescents qui s'aiment d'autant plus passionnément que tout et tous semblent vouloir les séparer. Car Guillaume, le fils du patron de l'usine, et Clara, la fille de son délégué syndical, sont aussi, à leur manière, des *star-crossed lovers*, des amants maudits par les étoiles.

La Saison des chamailles
de Véronique M. Le Normand

Ce qui compte le plus pour Lily, c'est la bande de copains, les rendez-vous dans les cafés, les discussions interminables et essentielles. Et aussi son amitié avec Florian. L'alter ego, le confident, le frère, l'ami, l'indispensable... En le perdant, Lily va brusquement mesurer son attachement à Florian : et si c'était lui, l'amoureux qu'elle cherche en vain ?

Retour à Douala
de Marie-Félicité Ebokéa

Charlotte est une jeune neurologue brillante. Camerounaise, elle a quitté Douala pour faire ses études en France et n'y est jamais retournée depuis. À la mort de sa grand-mère dont elle était très proche, Charlotte rentre au Cameroun de toute urgence. Le corps de sa grand-mère a disparu, volé. Devant la mollesse de la police locale, Charlotte décide de mener son enquête.

À-Pic
de Frank Secka

Dans un séjour aux sports d'hiver, il n'y a pas que le ski. Surtout quand on est le plus jeune du groupe et qu'on découvre tout de l'autre. On apprend vite que dans les paroles, en pensées, entre les corps aussi, on peut s'aventurer hors piste. Des avalanches que l'on déclenche alors, on se relève un peu sonné, un peu plus vieux, un peu plus riche. Plus fort aussi, plus libre. Peut-être différent.

Brooklyn Babies
de Janet McDonald

À seize ans, Raven est déjà maman. Fini ses rêves d'études universitaires qui l'emmèneraient loin de la cité new-yorkaise où elle vit chez sa mère. Baissera-t-elle les bras comme sa meilleure amie Aïcha, elle aussi fille mère, qui lui conseille de vivre d'allocations et de se la couler douce ? Ou s'accrochera-t-elle à ses rêves ?

Le garçon qui aimait les bébés
de Rachel Hausfater-Douïeb

Martin aime les bébés. Depuis toujours. Lorsque Louise, son amie, tombe enceinte, elle le vit comme une catastrophe. Mais pour Martin, c'est différent. Cet enfant, même s'il ne l'a pas fait exprès, il l'aime déjà, il l'attend, et fera tout pour le garder.

Des filles et des garçons
Collectif

Onze nouvelles pour parler du regard des garçons sur les filles, des filles sur les garçons. Pour dire l'amour et la violence, les pressions sociales, familiales ou religieuses, le poids des traditions... mais aussi la solidarité et l'amitié. En partenariat avec le collectif « Ni putes ni soumises ».

Route 225
de Chiya Fujino

Eriko part à la recherche de son petit frère, Daigo, qui tarde à rentrer de l'école. Elle le retrouve dans le square de son quartier, mais bizarrement ils n'arrivent plus à rentrer à la maison. Autour d'eux, tout a changé. Où se trouve le monde réel ?

Une poignée d'argile
de Marie-Sabine Roger

De son enfance, elle ne se souvient de rien, ou presque. Son père n'est même pas mort, bien pire, il a disparu, tout lâché. Il les a abandonnées, du jour au lendemain, sa mère et elle. Grisaille et rancœur jamais résolue. Le dessin, la sculpture vont la sauver.

Ci-gît, pour l'éternité
de Jean-Paul Nozière

Éric est mort il y a dix ans, à La Combe-aux-Loups, lors d'un camp pour ados difficiles. Un fait divers tragique : accident de minibus, dix victimes. Alex, qui a à présent l'âge de son cousin Éric lors de sa mort, veut comprendre les circonstances exactes de l'accident.

Faire le mort
de Stefan Casta

Kim et des copains partent passer quelques jours au cœur de la forêt suédoise. Un soir, autour du feu de camp, une dispute éclate. Kim se fait passer à tabac, il est laissé pour mort par ses amis. Comment les choses ont-elles pu en arriver là ? Qu'est-ce qui a poussé les adolescents à commettre un acte aussi terrible ?

Valparaiso
de Bernard Friot

Max n'aime rien ni sa vie, ni personne. Seule compte sa sœur aînée mais elle est partie, loin, à Valparaiso, Chili. Max se prétend « zérosexuel ». Pourtant, tout ce qui touche à la sexualité le travaille... La présence de Karima illumine ses journées et hante ses rêves.

Top-rondes
de Janet McDonald

Aïcha se la coule douce avec ses deux enfants. Elle habite chez sa mère et touche des allocations, sans s'inquiéter de l'avenir. Mais tout a une fin et Aïcha va devoir effectuer un travail d'utilité publique... Impossible ! Aïcha compte bien s'en sortir à sa manière.

Les Fous d'oliviers
Claude Clément

La Bergerie des Pastriers est un havre de paix. La famille cultive les oliviers et élève des moutons. Isabelle y est heureuse avec ses parents et ses frères. Olivier, l'aîné, et son père sont inséparables. Jusqu'à l'accident de moto qui tue Olivier... Le père s'effondre.

La Fille du squat
de Ragnfrid Trohaug

« Je ne suis celle de personne ! » affirme Ida, qui n'accepte pas la mort de son grand-père, avec qui elle avait une belle complicité. C'est alors que surgit Linn, dix-sept ans, les yeux vairons, qui vit dans un squat. Immédiatement, Ida tombe amoureuse. Mais l'amour entre Linn et Ida est compliqué.

CET OUVRAGE A ÉTÉ ACHEVÉ D'IMPRIMER
À LA MAIN POUR LE COMPTE DES ÉDITIONS
THIERRY MAGNIER PAR L'IMPRIMERIE
TECHNIC IMPRIM À 91 LES ULIS EN SEPTEMBRE
2004 (2e ÉDITION) DÉPÔT LÉGAL : JANVIER 2004

Imprimé en France